堕女神ユリスの奇跡

ソード・ワールド2.0ノベル

ジェラルディン（ジャリルデン・エラー）
エルフの女性でありながら騎士団に所属するザイアの神官戦士。かわいいものに目がない。
ユリスカロア
"戦勝神"として崇められたのも過去の栄光。今では信者に忘れ去られ、すっかり力を失ったダメ女神。

ザウエル・イェーガー
三本の魔剣に呪われた剣士。そのせいでパーティーを組んでくれる冒険者がいないという哀しい境遇。
アリエル・ウィンザー
ひとりで下町の施療院を切り盛りする、ちょっと気弱な少女。だがその正体は……？

「ありがとう、ザウ……
短い日々だったが、
実に楽しかったぞ……」

富士見
DRAGON
BOOK
468

ソード・ワールド2.0ノベル

堕女神ユリスの奇跡

北沢慶

富士見書房

イラスト：加藤たいら

目次

プロローグ 5
第一章　とんでもない来訪者《らいほうしゃ》 12
第二章　それは仲間ですか？ 63
第三章　ピグロウ山へ 142
第四章　蘇《よみがえ》る悪夢《あくむ》 174
第五章　そして伝説へ？ 228
エピローグ 270
データセクション 278
あとがき 283

プロローグ

　――神は、確《たし》かに存在する。

　ザウエル・イェーガーが初めてその姿を目撃《もくげき》したのは、十五歳《さい》のときだった。

　女神《めがみ》、ユリスカロア。

　戦《いくさ》と知略を司《つかさど》り、〝戦勝神〟の二つ名で呼ばれる戦いの守護神。

　遥《はる》かな神話の時代、神々すら食い殺したと言われる邪竜《じゃりゅう》を倒《たお》し、大地に封印《ふういん》したという伝説の女神。そしてイェーガー家は、代々ユリスカロア神を祭る神官の家系だった。

「浄化《じょうか》を！　我《わ》が女神よ！」

　兄が叫《さけ》ぶ。

　イェーガー家の中でも稀代《きだい》の魔力《まりょく》を持ち、最高司祭である兄ルカス。その兄が全身全霊《ぜんれい》を込めて、女神をこの地上に〝神体招来《コール・ゴッド》〟したのだ。

　切り立った険《けわ》しい山。

　その山頂を中心に、黒雲が渦《うず》を巻く。

　十五歳にしては大柄《おおがら》で、金属鎧《きんぞくよろい》で武装しているザウエルでさえ、近くの岩にしがみつくしかないほどの突風《とっぷう》が舞《ま》う。

そして渦の中心から、突如《とつじょ》としてまばゆい光が差し込んだ。

そこから現れたのは——女神。

純白のトーガに身を包み、大盾《おおたて》に斧槍《ハルバード》を携《たずさ》えた神々《こうごう》しい姿。勇ましい兜《かぶと》の襟元《えりもと》からは黄金に輝《かがや》く髪《かみ》がなびき、その背中からは翼《つばさ》のように光輝《こうき》が放たれている。

「あれが……女神…………っ」

あまりの美しさに。

あまりの神々しさに。

ザウエルは知らず知らずのうちに、両膝《りようひざ》をついていた。

「——ザウエル、最後まで見届けろよ……」

そんな少年を現実に引き戻《もど》したのは、兄の声だった。

いつも生気に溢《あふ》れ、自信に満ち、笑顔を絶やさなかった兄の声が、驚《おどろ》くほどに弱々しい。

「兄貴……!?」

兄ルカスは女神を受け入れようとせんばかりに、両手を振《ふ》り広げていた。そしてその眼前には、巨大《きよだい》な魔方陣《まほうじん》からいままさに鎌首《かまくび》をもたげつつある、巨大《きよだい》な竜《りゆう》の頭がある。

〝ガオオオオオオオオオオオオオオオオッ!!〟

突如、巨竜が吠《ほ》えた。

その凄《すさ》まじい咆吼《ほうこう》は大地を揺《ゆ》すり、衝撃波《しようげきは》となってザウエルを薙《な》ぎ倒す。圧倒的《あつとうてき》な生物を前にしたときの本能的な恐怖《きょうふ》が少年の心臓を鷲摑《わしづか》みにし、全身から冷たい汗《あせ》がドォッと噴《ふ》き出した。

気絶しなかったのが不思議なぐらいだった。恐《おそ》らく兄と女神を前にしていなければ、気絶どころかショック死していただろう。それほどまでに、目の前の巨竜は恐《おそ》ろしかった。

しかしそんな圧倒的恐怖《きょうふ》を前に、兄は膝さえつかない。それどころか一歩前に踏《ふ》み出し、女神へ進路を指し示すかのように、腕《うで》を振り下ろした。

「これが俺《おれ》の……俺の最期《さいご》の大仕事だ！」

兄の叫び。

それを受けて、女神が大きく斧槍を振りかぶる。

もう一度、巨竜が吠えた。だが、ルカスも女神もびくともしない。

「ああ……あああ……」

ただ呻《うめ》くことしかできないザウエルの前で、女神の槍が降り注ぐ。

女神の手から放たれた斧槍は、一本。だがそれは空中で五つに増え、巨大な竜を取り囲む魔方陣の頂点に、過《あやま》たず突《つ》き立《た》っていた。

〝ガアアアアアアアアアアッ‼〟

巨竜の叫び——だが今度は咆吼と言うよりも、悲鳴だった。

女神の斧槍が突き立った魔方陣は黄金の輝きを放ち、浮《う》かび上がった神紀文字が鎖《くさり》のように巨竜を戒《いまし》めてゆく。

「静まれ……世界を喰《く》らう竜よ！　おまえの役目は、いまこの世界にはない！」

ルカスは叫び、最期の力を振り絞《しぼ》るように拳《こぶし》を突き上げる。

それに呼応して、女神は腰《こし》に吊《つる》していた剣《けん》を抜刀《ばっとう》した。そして体ごと一気に、動きを止めた巨竜へと飛び込んでゆく。

カッ！

凄《すさ》まじいまでの、閃光《せんこう》。

一瞬《いっしゅん》にして世界は純白に染まり、巨竜も滅《ほろ》び去ったかに見えた。

だが、巨竜もまさしく神すら呑み込む怪物《かいぶつ》だった。神紀文字によって戒められ、魔方陣に縫《ぬ》い付けられてもなお、女神の剣をその牙《きば》で受け止めている。

「そんな、まさか……!?」

驚《おどろ》き、ザウエルは目を見開く。

だが次の瞬間《しゅんかん》、自然と体が動いていた。

吹《ふ》き飛《と》ばされそうな突風に逆らい、確かな感触《かんしょく》を伝える地面を蹴《け》る。そして一気に巨竜へと近づいていた。

とんでもなくでかい——再び恐怖が、ザウエルの心に蘇《よみがえ》る。だがそれを勢いで押《お》し殺し、地面に押しつけられていた竜の下顎《したあご》へと飛びつく。そのまま腕力《わんりょく》で体を持ち上げ、ぞろりと生える剣のような牙を蹴って、竜の鼻先まで駆《か》け上がった。

そして、女神の剣を摑《つか》む。

「そなた……」

「オレも、手伝う……ッ」

女神の驚く声が、耳に届いた。だが次の瞬間に浮《う》かんだ女神の笑《え》みに、ザウエルは心を奪《うば》われる。

これほど過酷《かこく》で、常識では理解できない状況《じょうきょう》にあって、ザウエルは女神の笑顔から目がそらせなくなった。完全なる美の中に宿る猛々《たけだけ》しさと優《やさ》しさに、魅入《みい》ってしまう。

「――力を、貸してもらおう」

女神のその言葉に、ザウエルはこれまで感じたこともないほど巨大な力が体内に充満《じゅうまん》するのを感じた。そしてその力のままに、女神の剣を巨竜へと押し込む。

〝ギ、ギギ……ギッガァァァァァァァッ‼〟

恐らく神と神を殺す竜との戦いにおいて、ザウエルの力など微々《びび》たるものに過ぎなかったはずだ。だがそのわずかな一押しが、釣《つ》り合った天秤《てんびん》を片方へと押しやる。

女神の剣が――巨竜を貫《つらぬ》いていた。

「うわ………っ」

再び、女神の魔剣《まけん》が猛烈《もうれつ》な光を放つ。

その衝撃《しょうげき》に耐《た》えられず、ザウエルの体も吹き飛ばされていた。あるいは、女神が安全圏《あんぜんけん》へと投げ出してくれたのか。

巨竜の咆吼が、どこか遠くに聞こえる。

直後、まるで世界が制止したように音も消えた。

「倒した………?」

ザウエルは自分が意識を失おうとしていることを、自覚した。もはや抗《あらが》うこともできず、なにもかもが光の中に呑み込まれてゆく。

(オレは、死ぬのか……?)

どこか遠い国の出来事のような感覚で、自分の体が衝撃波に翻弄《ほんろう》されていることを悟《さと》る。硬《かた》い岩に何度も何度も叩《たた》きつけられ、そのたびに鎧はひしゃげ、血が溢れる。なのに痛みもなく、恐怖もなかった。

そしてそんな常識を超越《ちょうえつ》した感覚が、天へと昇《のぼ》っていく兄の魂《たましい》を見上げていた。神々が眠《ねむ》るという天界へ、吸い込まれるように飛んでゆく。

「兄貴……オレも………っ」

両親は記憶《きおく》もない昔に死別し、兄ルカスはたったひとりの肉親だった。だから、兄と別れるなんて考えたこともなかった。ゆえに今回の遠征《えんせい》にも同行したし、いまもまた、兄と共に行きたかった。

だが兄は、笑顔で首を振った。そしてゆっくりと、光の中に溶《と》けてゆく。

『……あとは頼《たの》んだぞ、ザウエル……』

穏《おだ》やかな、兄の声。

再度猛烈な衝撃波が巻き起こり、巨竜の吠え声が遠くに響《ひび》いた。そちらから三振《ふ》りの剣が放たれ、ザウエルの周辺に突き立つ。

「く、う…………っ」

なにもない純白の空間に、ただ三本の剣だけが突き立っていた。ザウエルはこれ以上吹き飛ばされないよう、必死にそれらの剣にしがみつく。

『――おまえはまだ、死ぬべき定めにはない……生きよ』

そしてそう告げたのは、女神だった。

美しく、どこか厳しさと優しさを湛《たた》えた緑の瞳《ひとみ》が、ザウエルを見つめている。

『兄の分も、生きるのだ。ザウエル・イェーガー……』

女神のその言葉を最後に、ついになにもかもが純白に染まってゆく。超常《ちょうじょう》的な感覚さえも飲み込まれ、兄の魂も、女神の姿も、見えなくなる。

「兄貴の分も……生きる……っ」

残された感覚は、三振《ふ》りの剣が放つ、焼けるような熱さ。

だがそれさえやがては消え去り――そしてザウエルの意識もまた、完全に途絶《とだ》えていた。

第一章　とんでもない来訪者《らいほうしゃ》

1

ザウエルは、落とし穴《あな》に落ちていた。

人生の落とし穴とか、思考の落とし穴とか、そういう比喩《ひゆ》的な落とし穴ではなく。

文字通り、掛《か》け値《ね》なしの死の罠《デストラップ》。

熟練《じゆくれん》の冒険者《ぼうけんしゃ》ですら即死《そくし》は免《まぬか》れない――そんな深さのある落とし穴の底に、落ちているのだ。

（あー……こりゃ、死んだな……）

十五歳で冒険者になってから六年間。常に実戦で鍛《きた》えてきたザウエルの体は、どうにか生命を保っていた。だがすでに手足は動かず、意識は朦朧《もうろう》とし、完全に行動不能状態だった。

目が霞《かす》んでよく見えないが、体をしっとりと濡《ぬ》らしているのは自分の血だろう。

幸いにして、ザウエルはまだ死んだことがない。だが不思議と、死が忍《しの》び寄《よ》る感覚は理解できた。少なくとも、もう自分の力だけではどうすることもできない。

（せめて仲間がいればなぁ……）

暗い遺跡《いせき》の、そのまた奥底《おくそこ》にある真っ暗な落とし穴の底。

持っていた魔法《まほう》の明かりがぼんやりと周囲を照らしているが、見上げた縦穴の終わりはよく見えない。

ザウエルはいま、単独《ソロ》で冒険をしていた。だから彼が落とし穴に落ちたことに気づく者もいないし、こんな遺跡の奥では偶然《ぐうぜん》通りかかる親切な人もいない。

——つまり、文字通りの絶体絶命。

(こんな遺跡の奥底で、ひっそりとひとりで死ぬのか……一応覚悟《かくご》はしてたけど、嫌《いや》なもんだぜ……)

あれもしたかった、これもしたかった、といろいろ思い浮かぶ。

だがなによりも気がかりなのは、兄との約束。

(あの世でこっぴどく怒《おこ》られるのかな……?)

立派に使命を果たし、神に魂《たましい》を捧《ささ》げた兄と比べ、なんと間抜《まぬ》けな最期だろうか。

(はぁ……女神様よ、オレの定めは、ここで死ぬことだったのかい……?)

薄《うす》れゆく意識の中で、かつて見た女神へ悪態をつく。

兄の跡《あと》を継《つ》ごうと、ザウエルも神への信心を続けてみた。だが悲しいかな才能がないのか、あれ以来ザウエルは女神の声を聞いたことがなかった。当然、癒《いや》しの技《わざ》も奇跡《きせき》の術も、使えはしない。

「死にたくねぇなぁ……」

最期の息を吐《は》き出すように、ザウエルはつぶやく。

『——ならば、生きよ』

「!?」

そんなとき、唐突《とうとつ》にザウエルの脳裏に声が響《ひび》いた。

それも、確かに聞き覚えのある声。美しく、凜《りん》とした女の声だ。

『おまえは、まだ死ぬべき定めにはない……生きるのだ』

「マ、マジか……!?」

全身に、温かい力が降り注ぐ。それと共に、傷《きず》の痛みが嘘《うそ》のように引いてゆくのがわかった。冷たかった指先にも熱が通い、早鐘《はやがね》のようだった呼吸も穏《おだ》やかになってゆく。

「助かった……のか……?」

普通《ふつう》に、声が出た。

腕も持ち上がり、ちゃんと動く指先が見える。

『……おまえには、役目がある……生き延びよ……』

再び脳裏に響く声。

しかしいくら周囲を見回しても、声の主の姿はない。

「お、おい！　ちょっと！」

『……また会おう、我が使徒、ザウエル・イェーガーよ……』

ザウエルの呼びかけも空しく、声はだんだん遠退《とおの》いていった。やがて、完全に聞こえなくなる。

「いまの……やっぱり、女神だよな……?」

誰《だれ》もいないのに、思わず問いかけてしまう。

そして、改めて見上げた虚空《こくう》。

そこには、先の見えない黒々とした縦穴が続いている。

「よく生きてたな、オレ……」

改めて、そう思う。

いくつもゴツゴツとした出っ張りがあるので、必死にしがみつこうとしたり、壁《かべ》を蹴《け》ったりした結果だろう。それにしたって、死ぬところだったわけなのだが。

「女神様のおかげってわけか……しかし」

ゆっくりと起き上がり、深刻な怪我《けが》がないかを確かめてみる。

「どうせなら、遺跡の外まで連れ出してほしかったぜ……」

うんざりしたように、つぶやく。

さすが女神の奇跡。体には傷も骨折も残っていない。

だがひとりで縦穴から抜《ぬ》け出すのは、かなり骨が折れそうだった。

2

カランカラン、と小気味よい音を立て、入り口の扉《とびら》が開く。

中は、木材の風合いを活かしたカウンターと、テーブル席《い》が四席あるだけのこぢんまりとした酒場になっていた。

かけられた看板に描《えが》かれているのは、炎と男の横顔がモチーフになっているレリーフと、〈炎《ほのお》の髭亭《ひげてい》〉という名前。

フォルトベルクの街によくある、いわゆる〝冒険者の店〟だ。

まだ太陽が傾《かたむ》き始めたばかりの時間なので、客はいない。カウンターの中では、立派な髭を蓄《たくわ》えた小柄《こがら》だが筋肉質な男がひとり、ルーペを覗《のぞ》き込んで小さな機械をいじっている。

「——よぉ、グルード」

「ザウエル……?」

名前を呼ばれ、店主のドワーフは顔を上げる。

「ザウエル、おまえ生きとったのか!」

「おいおい、そいつはあんまりな言いようだな。そっちこそオレが帰るまで、よく潰《つぶ》れなかったもんだぜ」

片方の眉《まゆ》を上げて小さく驚《おどろ》きを表現する髭の男ドワーフに、ザウエルは皮肉な笑みを返す。

若き戦士の体は、見るからにボロボロだった。

防寒を兼《か》ねるローブは大きく裂《さ》け、そこから除く鱗状《うろこじょう》の鎧《よろい》は自分のものか返り血か、どす黒い染みでひどく汚《よご》れていた。

だがザウエルの容姿で一番特徴《とくちょう》的なのは——剣《けん》だ。

腰《こし》の後ろに吊《つる》した剣。それが、三本ある。しかもそれぞれが、異なる意匠《いしょう》を施《ほどこ》されていた。

「遺跡に向かってから、もう二週間だ。さすがに今回はくたばったかと思ったが……」

「まあな。オレも今回はダメかと思ったよ」

肩《かた》をすくめつつ、ザウエルは髭の男——グルードへと歩み寄った。そして背負っていた背負い袋《バックパック》をカウンターの上にどさりと置く。

「どうした、ひどい罠《わな》にでもかかったのか」

「落とし穴に落ちてな。脱出《だっしゅつ》するのに手間取った」

「おまえが落とし穴に落ちるなんぞ、珍《めずら》しいこともあったもんだ。もっとも、それで生きて帰れるあたり、さすがと言うべきか？」

「いや……まあ、そうだな。穴の底で、女神の声が聞こえてきたときは、お迎《むか》えかと思ったけどよ」

「お？　ついに神聖魔法《しんせいまほう》が使えるようになったのか？」

「いや、ダメだ。やっぱ夢だったのかもしれねぇ」

「なんだ、そいつは残念だな」

苦笑し、グルードは袋《ふくろ》を摑《つか》む。

「長旅の割には、ずいぶんと軽そうな袋じゃな。成果はなかったのか？」

「とんでもねぇトラップハウスだったよ。そのくせ財宝も遺産もろくにありやしねぇ」

「安い探し屋《レリックサーチャー》から地図を買うからじゃ」

グルードは袋の中身をカウンターにぶちまけ、物色を始める。

「ガラクタばっかりじゃねぇか」

「そうでなけりゃ、もうちょっと景気のいい顔して帰ってくるさ。それより、エール酒を一杯頼《いっぱいたの》む。いくらなんでも、それぐらいの価値はあるだろ？」

「ふん、まあな」

グルードは物色する手を止め、一度カウンターの奥へ引っ込んだ。そしてすぐに、木製の大きなジョッキに泡立《あわだ》つ酒を注いで持ってくる。

「一杯目は生還祝《せいかんいわ》いだ。おごってやるよ」

「悪いね、助かるよ。呪《のろ》いを解《と》く資金を貯《た》めるには、一ガメルでもケチりたいからな」

ザウエルはぽんっと腰に吊した三本の剣を叩《たた》くと、ドワーフからジョッキを受け取った。

そしてそれを、一気に煽《あお》る。

「プハーッ！　やっぱグルードの造る酒は最高だな。仕事のあとは、こいつに限る」

「そいつはありがとうよ。しかし、おまえも呪いさえなければパーティ組んで、もっと効率のいい探索《たんさく》もできるんだろうがな」

「まあ、しょうがねぇよ。それに、ソロにも慣れたさ」

苦笑《にがわら》いしつつ、空《から》のジョッキをカウンターに置く。

普通《ふつう》、冒険者は四人前後でパーティを組み、行動することが多い。だがザウエルは、この辺《あた》りでも珍《めずら》しい、単独《ソロ》で活動している冒険者だった。

仲間がいなければ、財宝は独《ひと》り占《じ》めできる。だがそれ以上に、単独で遺跡に潜《もぐ》ったり魔物《まもの》に挑《いど》むのはリスクが大きすぎる。だからソロで冒険をする者など、滅多《めった》に存在しないのだ。

「二杯目はどうだ？」

「もちろんもらうよ。それと、なにか食うものもくれ」

「大したものはないから、そっちは期待するなよ」

そう言って、グルードが奥へ向かおうとしたときだ。入り口の鐘《かね》が鳴り、ローブ姿の小柄《こがら》な客が入ってくる。

「子供……？」

横目でその客を確認したザウエルは、ぽつりとつぶやく。

確かに、身長はかなり低めだった。長身なザウエルの胸ぐらいだろう。だがローブのフードを後ろへ払《はら》ったとき、小柄な理由に合点がいく。

「女か……」

フードの陰から現れたのは、まだ幼さの残る少女の顔だった。長く豊かな金髪に、印象的な緑色の瞳。ゆったりとした旅行用のローブをまとっているせいで体型まではわからなかったが、年齢《ねんれい》はまだ十五になるかならないか、といったところだろう。

その少女の視線が、誰《だれ》かを捜《さが》すように動いて、すぐにザウエルで止まった。

高貴な顔立ちだな――ふと、そんなことを思う。

凛《りん》とした表情に、意志の強そうな瞳。白磁《はくじ》のような肌《はだ》といい、きりっとした眉《まゆ》といい、どこか貴族の令嬢《れいじょう》か姫君《ひめぎみ》か、といった風情《ふぜい》がある。

「ここにいたか、ザウエル・イェーガー」

そしていきなり、不敵な笑みを浮《う》かべてそう言った。

「なに……？」

一方のザウエルには、こんな少女に見覚えはない。そして初対面の人間にフルネームで呼ばれるほど、名前が売れているわけでもないはずだ。

「誰だおまえ」

「誰だとはご挨拶《あいさつ》だな、ザウエル・イェーガー。わたしの顔を見忘れたか」

「忘れたもなにも――」

軽く憤慨《ふんがい》した様子で少女が歩み寄ってくる。だがザウエルが彼女の素性《すじょう》を思い出すよりも早く、再び扉の鐘《かね》が鳴った。それも、今度はかなり乱暴な音だ。

「見つけたぞ、このこそ泥《どろ》ヤロウがッ！」

口汚《くちぎたな》く怒鳴《どな》りながら飛び込んできたのは、厚手のコートを着た、奇妙《きみょう》な生き物だった。

一言で言えば、直立したウサギだ。

大きさは、人間の子供ぐらい。真っ白な毛並《けな》みをしていて、瞳は赤。ウサギと同じように、長い耳が大きく揺《ゆ》れている。

「タビット族……？」

ザウエルの口から、その名が漏《も》れる。

タビットは、ラクシア世界で時折見かける知的種族のひとつだ。ウサギに似《に》ているがさほど機敏《きびん》ではなく、むしろずば抜《ぬ》けて知力の高い不思議な種族である。一応、人間やエルフ、ドワーフと同じ人族に分類されていた。

「もう逃《に》がさねぇぞ！　さっさとスった財布《さいふ》を返しやがれッ！」

タビットは赤い目をさらに充血《じゅうけつ》させ、荒々《あらあら》しい剣幕《けんまく》で少女へと歩み寄った。肩で息をしているところを見ると、必死に追いかけてきたらしい。

「なんだこりゃ……」

少女と直立したウサギの風変わりな睨《にら》み合《あ》いに、思わずザウエルはつぶやく。本来理知的なはずのタビットなのに、いまはまるで落ち着いた知性を感じない。

「ほほう。わたしがおまえの財布をスっただと？　どこにそのような証拠《しょうこ》があるのだ？」

一方の少女は、高貴な表情をかけらも崩《くず》すことなく、どこか蔑《さげす》むような態度で言い放つ。

「さっき表でおまえとぶつかるまでは、ちゃんと財布はあったんだよッ。革の袋にサカロス神の紋章《もんしょう》を刺繍《ししゅう》した財布だから、ごまかしはきかねぇぞッ！」

「……ふむ。つまり、このわたしがいま、その財布を持っていると言いたいのだな？」

言うや、少女はローブを脱《ぬ》ぎ捨《す》てる。

その下から現れた装束《しょうぞく》は、古風な純白のトーガだった。その姿はどこか、神話から抜け出してきたような印象すらある。

「さあ、好きに調べるがいい。どこにその財布とやらがあるのだ？」

そう言い放つ少女の体には、財布どころか装飾品《そうしょくひん》や鞄《かばん》、ポーチといった類《たぐい》のものさえ一切なかった。もちろん、タビットの主張する革の財布など、どこにもない。

「ンなことで騙《だま》されるかよクソが！　どうせそのヒラヒラした服の下とかに隠《かく》してンだろうがよッ！」

しかし完全に頭に血が上っているのか、タビットは鼻息も荒く少女へと迫《せま》る。だがそれでも、少女の表情には曇《くも》りも焦《あせ》りもない。

「ふん、下衆《げす》な輩《やから》め。ならばこれで満足か？」

言うや——少女はなんの躊躇《ちゆうちよ》もなく、身にまとう布を引っ張った。

トーガは元々、一枚布を体に巻き付けただけの衣服だ。それゆえ一瞬《いつしゆん》にして脱ぎ放たれ、わずかな面積しかない下着で被《おお》われた、均整の取れた美しい肌があらわになる。

「な……!?」

「ぬ、脱いだ——!?」

少女の思いきった行動に、その場にいた誰《だれ》もが呆気《あつけ》に取られる。恐《おそ》らくまるで動じた様子を見せていないのは、高貴な態度のまま蔑《さげす》みの表情を浮かべている少女だけだっただろう。

「Oh、女神様《ゴッデス》……」

種族を超えて、タビットの闖入者《ちんにゆうしや》まで茫然《ぼうぜん》となっていた。だがすぐに頭を激《はげ》しく左右に振《ふ》ると、改めて眉間《みけん》に力を込《こ》める。

「く、くそ……ッ、そんなことでごまかされるオレじゃねぇぞッ！」

などと叫《さけ》ぶが、種族は違《ちが》ってもはばかる感覚は同じなのか、少女の薄《うす》い胸から目を逸《そ》らす。

「さあ、どうだ？　存分に探《さが》してみるがよい」

「やめろ、このヘンタイ女！　どうせこの店のどこかに隠《かく》したんじゃねーのか!?　それ以外、考えられねぇッ」

さらに口汚く言い放ち、少女へと詰《つ》め寄《よ》ろうとする。

だがその前に——ザウエルは立ちはだかっていた。

「ちょっと待った。ここまでだ」

「なんだテメェは⁉　まさか、そのガキの元締《もとじ》めか⁉」

「おいおい、バカ言ってんじゃねぇよ。こいつとは初対面だが、まがりなりにも武装した冒険者が、ガキ相手に凄《すご》んでるのを見過ごすほど冷血漢《れいけつかん》にもなれなくてな」

「ハッ。物は言いようだな、子供を使ってスリをさせる悪党がッ！」

怒《いか》りの矛先《ほこさき》を向ける相手が見つかったからか、タビットはコートの裾《すそ》を勢いよく払っていた。そこには黒光りする拳銃《けんじゅう》が吊《つる》されている。

「……魔動機師《マギテック》か」

三百年前に滅《ほろ》びたという、魔動機《まどうき》文明。その時代の産物である銃を、このタビットは得物としているらしい。

だがそれを目の当たりにしても、ザウエルは動じない。

「やめとけよ。オレはなるべく人族は斬《き》らねぇ主義なんでな」

言いつつ、ザウエルも左手で三本ある剣のうち、一本の鞘《さや》を掴《つか》んでいた。そして、親指でほんのわずかだけ、剣を鞘から押し上げる。

——異変が起きたのは、その瞬間《しゅんかん》だった。

ザウエルを中心に、突如《とつじょ》として冷気が溢《あふ》れ出した。それに合わせて、焦《こ》げ茶色《ちゃいろ》だった髪《かみ》がゆっくりとアイスブルーへ変色してゆく。

「な……ッ、まさか、おまえ……ッ⁉」

そのときようやく、タビットは目の前にいる相手の腰《こし》に、剣《けん》が三本吊されていることに気づいたのだろう。瞬間、その表情も凍《こお》りつく。

「オレの剣は呪《のろ》いの魔剣《まけん》だ。一度抜《ぬ》いたら、オレにもどうなるかわからねぇぜ……？」

「〝呪いの三剣《トライカーズ》〟ザウエルかッ⁉」

「その名前で呼ぶな」

不機嫌《ふきげん》そうに、ザウエルの眉根《まゆね》が寄る。

「チィ……ッ」

タビットの眉間に、深い深い皺《しわ》が寄る。

魔剣が放つ冷気は、周囲の者たちの動きを著《いちじる》しく鈍《にぶ》らせてゆく。その不快な感覚に、タビットの魔動機師はゴクリと唾《つば》を飲んだ。だが一歩でも動けば斬《き》られる予感に、金縛《かなしば》りにあったように動けなくなる。

――ズドンッ！

「⁉」

だがそんな緊張《きんちょう》を破ったのは、一発の銃声《じゅうせい》だった。

タビットではない。ザウエルとタビットの間を一発の銃弾《じゅうだん》が貫《つらぬ》き、壁《かべ》に飾《かざ》ってあった絵皿《えざら》を一枚割り砕《くだ》く。

「な……!?」

「──ワシの店に犯罪者はいねぇ。それに冒険者の店の中で　冒険者同士が刃傷沙汰《にんじょうざた》をやらかすのも御法度《ごはっと》だ。財布をなくしたことには同情するが、それ以上の狼藉《ろうぜき》は許さんぜ」

振《ふ》り返《かえ》れば、カウンター越《ご》しにグルードが長銃を構えていた。その銃口から、魔力《まりょく》の輝《かがや》きがかすかにたなびいている。

「と、いうことだ。出直してきな」

「クソがッ、覚えてろよッ！」

タビットの魔動機師は、その愛らしい外見とは正反対の汚《きたな》い言葉を吐《は》き捨て、店を出ていった。入ってきたときと同様に、鐘がガランガランと乱暴な音を立てる。

「ったく、騒《さわ》がしいこって」

ザウエルが剣を完全に鞘に戻《もど》すと、すぐに冷気も消えた。同時に、髪の色も元の焦げ茶に戻る。

「おまえも災難だったな」

「ふふん。この程度、どうということはない」

少女を振り返れば、もうきちんとトーガをまとっていた。その上から、脱ぎ捨てたローブを羽織《はお》る。

「しかししゃべって歩くウサギとは、珍妙《ちんみょう》な生き物だったな」

「まあ、ウサギには似《に》てるけどよ……」

タビットのことを知らないのか――ふと、不思議に思う。

「そんなことより、なかなかの手並《てな》みであった。さすがは我《わ》が使徒だ」

「我が使徒……？」

その言葉には、聞き覚えがあった。

しかも、ごく最近。

「まさか、もう忘れたのではあるまいな？ 我《われ》こそは女神ユリスカロア。おまえの主だ」

「…………は？」

ザウエルは必死に、記憶《きおく》の糸をたどる。

そして先日、遺跡《いせき》で落ちた落とし穴の中で見た夢《ゆめ》のことを、思い出す。

「いやまて、女神ユリスカロアって……え、え？」

かつて見た女神は、もっと大人《おとな》っぽくて、色っぽくて、こうグッと来る感じだったはずだが――ザウエルは、必死に記憶《きおく》の中の女神と、目の前の少女の姿を重ね合わせる。

確かに、髪《かみ》や目の色は同じ。顔立ちや雰囲気《ふんいき》もよく似ている。

だが、決定的に外見年齢《ねんれい》が違《ちが》う。ひいき目に見て、年の離《はな》れた姉妹《しまい》だ。少なくとも、同一人物には見えない。

「おまえの女神自らが、神託《しんたく》を授けに参ったのだ。喜ぶがいい」

「え、ええ――――!?」

とりあえず反応に困ったので、ザウエルは大仰《おおぎょう》に驚《おどろ》くことにしておいた。

3

ラクシア世界に神々が存在することは、誰だって知っている。

どんな街にも神殿《しんでん》のひとつや二つはあるし、そこにいる神官は神の奇跡《きせき》である魔法《まほう》を使える。ちょっと歴史学や神話学をかじったものなら、三振《ふ》りの始まりの魔剣によって、神が生み出された話だって知っているはずだ。

最高位の司祭になれば、神をこの地上に顕現《けんげん》させることだってできる。それどころか、人間だって神への試練を乗《の》り越《こ》えれば、神になれるという話もあるぐらいだ。

だからいまさら、神や女神の存在について、ザウエルは疑いを持ったり驚きを感じたりすることはない。ラクシア世界には数十、あるいは数百の神が存在すると言われているし、中には弱小《マイナー》な神様や、妙《みょう》ちきりんな神様がいたって驚くこともないだろう。

だが、しかし。

「……実際に目の前に現れられるとなぁ……」

テーブルを挟《はさ》んだ反対側。

自称《じしょう》〝女神〟は、黙々《もくもく》とグルード特製の肉料理と揚《あ》げ芋《いも》を食べていた。

「なにか言ったか？」

「いや……神様も俺たちと同じもの食うんだなぁ、と」

「ん……ぐ。うむ、食うぞ。特に地上に顕現し、物質化しているときはな」

女神は口許《くちもと》を拭《ぬぐ》い、真面目《まじめ》な顔でそう告げる。

「……で、あんた本当に神様？」

「そう言っているだろう」

「いや、だってさ。神様って、そうホイホイ地上に姿を現すもんじゃねーだろ」

「当たり前だ」

「そもそも、オレが以前見た女神は、もっとこう大人っぽい美人だったぞ」

「誰がドブスチビだ！」

「そんなこと言ってねぇっ！」

投げつけられたナイフを咄嗟《とっさ》にジョッキで受け、ザウエルは少し泣きたい気分になる。

「まったく。命の恩人に対してなんという言いぐさだ」

「……いま殺されかけたけどな」

言いつつ、ジョッキからナイフを抜く。

穴から、エールが漏《も》れた。

「まあいいや。ここのお代は払《はら》っておくから、ゆっくりしていけよ。オレは疲《つか》れたから、もう引き上げるわ」

「待て。まだ話は終わっておらんぞ」

「おっと、そうだな。ここの店、宿は別の建物だけどちゃんとあるから安心しろ。宿代も安いし……まあ、オレが出しとくよ」

「誰が宿の心配などしておるか。そもそも金ぐらい持っておるわ」

立ち上がろうとするザウエルの腕《うで》を、少女はぐいっと摑《つか》む。

「悪いけど、オレ疲れてんだ。子供の冗談《じょうだん》に付き合ってる余裕《よゆう》はなくってな」

「……貴様、わたしが神だと信じておらんな？」

「だっておまえ、いきなり小さな女の子がやってきて、〝わたし女神なの。よろしくね〟とか言われても信じられるわけねーだろ」

「おのれ、疑り深いヤツめ。ならばどうすれば信じる？」

「そうだな……やっぱなにか、神の奇跡を見せてくれたら、かな」

まるで子供を諭《さと》すようなザウエルの口調に、自称《じしょう》女神の少女はふくれっ面になる。そんな顔も、結構愛らしい。

「よいか、ザウエル・イェーガー。神自らが地上に降臨《こうりん》し、肉体を得てうろつき回るだけでも問題があるのだ。易々《やすやす》と奇跡など使えるか」

「ははは、そうだな。じゃ、早めに家に帰れよ」

「貴様、馬鹿《ばか》にしておるな！　よぉし、ならば奇跡の片鱗《へんりん》ぐらいは見せてやろうではないか！」

叫《さけ》ぶように言い放つと、少女は椅子《いす》の上に立ち上がって大きく腕を振《ふ》り上げた。次の瞬間、ザウエルの全身が光に包まれる。

「お？　おおお？」

あっという間に、ザウエルの全身に残っていた細かい傷が消えていった。体内にも活力がみなぎってくる。

「ふ。見たか。いまのはこれほどの威力《いりょく》で、我が〝傷癒し《キュア・ウーンズ》〟にすぎん」

「……〝傷癒し《キュア・ウーンズ》〟ぐらい、平神官でも使えるぞ」

「威力が違《ちが》うだろうが、威力が！」

「……いや、施療院《せりょういん》でほとんどの怪我《けが》治してもらった後だから、いまいち違いがわからなくてなぁ」

「ぐぬぬ……ならば今度は大怪我《おおけが》させてから治してくれるわ！」

「⁉」

少女は拳《こぶし》を構えると、一気にそれを突《つ》き出《だ》した。次の瞬間、とんでもない衝撃《しょうげき》がザウエルの全身を叩《たた》き、吹《ふ》き飛ばす。

「う、うおおお⁉」

椅子ごとぶっ飛び、ザウエルは激しい勢いで床《ゆか》に転がった。予想外の威力に、思わず目をぱちくりさせる。

「な、殴《なぐ》られた……？」

「ふん。〝神の拳《ゴッド・フィスト》〟の威力、とくと味わったか」

まるで悪の女王のように、少女は椅子の上で仁王立《におうだ》ちになり、蔑《さげす》みの目で見下ろしていた。

正直今度は、驚かされる。

「……なあ、オレの兄貴の名前、知ってるか？」

「ルカスのことか？　それがいまなんの関係がある？」

「オレ、最近遺跡探索《いせきたんさく》中に大怪我したんだが、どうやって怪我したと思う……？」

「マヌケにも落とし穴に落ちておったからであろうが。死んだかと思うて、ヒヤヒヤしたぞ」

「お、おう……」

兄貴の名前を知っている。しかも、誰《だれ》もいない迷宮での出来事も覚えている――ザウエルはごくりと唾《つば》を飲んだ。どうやら、彼女の言うことは嘘《うそ》ではないらしい。

「マジで……神様なのか……？」

「何度もそう言うておろうが。この不信心者めが」

椅子の上で腕組《うでぐ》みをし、睥睨《へいげい》する姿を改めて見て、やはり疑わしく感じてしまうのだが。

「しかし、ちっさい――」

「ちっさい言うな！」

「うおっ」

今度はフォークが飛んだ。咄嗟《とっさ》によけたが、フォークは深々と床《ゆか》に突き立っている。

「うおっ」

「そもそも、おまえを助けるのに力を使ったから、ここまで縮んでしまったのではないか」

「そ、そういうものなのか……？」

「いまも余計な力を使ったせいで、ちょっぴり縮んでいるはずだぞ」

「う、うーむ……」

正直それは、見分けがつかなかった。

「せっかくここまで歩いてきたというのに……」

ブツブツ言いながら、女神は椅子に座《すわ》り直す。

「いやほら、神様なら念力ひとつでテレポートとかできねぇのかよ？」

「すべての神が全能だと思うなよ、この慮外者《りょがいもの》が」

「す、すみません……」

文句を言われ、思わず頭を下げてしまう。

しかし神自らに言われると、妙な説得力がある。

「まったく。決戦に備え、神力を温存しておったというのに無駄遣《むだづか》いさせおってからに。そもそも、このあたりにわたしの神殿《しんでん》があったはずだ。それが見つからんのがいかん」

「それは探すのが下手《へた》な、あんたのせいなんじゃ……ん？　神殿？」

立ち上がり、ザウエルも椅子に座り直したところで、ふとあることに思い至る。

「女神さんよ、あんた名前はなんて言ったっけ……？」

「ユリスカロアだ。一度で覚えろオタンコナス」

「いや、覚えてたけど……やっぱそうか」

「なにがだ？」

揚げ芋を口に運びつつ、女神は首を傾《かし》げる。

「神殿、ここなんだ」

「？」

「ここ。この冒険者の店。元々、あんたを祭ってた神殿なんだよ」

ガタッと、女神は椅子を蹴《け》るようにして立つ。

「な、なんだと⁉」

「ほら、あそこ。祭壇《さいだん》だけは残してあるからさ」

「バ、バカな……⁉」

ザウエルが指差した先。

そこは壁《かべ》がへこんだようになっていて、その奥に一体の石の女神像があった。

理知的な微笑《ほほえ》みを湛《たた》え、右手に斧槍《おのやり》、左手には盾《たて》を持った像だ。だが本来神聖なご神体であるはずの女神像も、いまや周辺の絵皿や酒瓶《さかびん》が並《なら》ぶ風景に埋没《まいぼつ》し、単なる酒場のインテリアと化していた。

「兄貴が健在だったころは、一応神殿だったんだけどな。オレも跡《あと》を継《つ》ごうとは思ったんだが、信者もいねぇし金もねぇしってんで、グルードに売っちまったんだ」

「ば、ば、ば……罰当《ばちあ》たり者《もの》が！」

「はぶ……ッ⁉」

テーブル越《ご》しに、女神の蹴りがザウエルの顔面に炸裂《さくれつ》する。片手をテーブルに突いての、見事な蹴りだ。

「神聖な聖堂で酒場を経営する輩《やから》がどこにおるか！」

女神、流れるような動きでテーブルの上に仁王立ち。

「いつつ……いやまあ、その、悪かったな」

「悪いですむか！　おまえ、神をなんだと思っておる！」

「これでも一応、掃除《そうじ》ぐらいはしてんだぜ」

「……ほう、この有様でか……？」

女神はテーブルから華麗《かれい》に飛び降りると、ツカツカと自分の像まで歩み寄り、肩《かた》に積もった埃《ほこり》を指ですくい取る。

「意地悪な姑《しゅうとめ》かよ」

「やかましい！　おまえも神官なら、もう少し神を敬《うやま》わんか！」

「神官……？」

「聖印《せいいん》を下げておるではないか！」

「ああ、これね」

ザウエルは首に吊《つる》されている聖印を手に取り、苦笑を浮かべる。四枚羽の風車に似た聖印は、確かに女神ユリスカロアのものだ。

「オレも最初は、一生懸命《いっしょうけんめい》祈ったり祭ったりしてがんばったんだけどよ。全然女神様の声が聞こえてこねぇもんだからさ」

「なんだと……？」

「で、兄貴が残していった聖印ぐらいはと思って身につけてんだ。まあ、形見みたいなもんだな」

「おい貴様、それではエセ神官ではないか」

「……いまの、ちょっとしんみりするところだと思わねぇか？」

「まあよいわ」

「いいのかよ」

女神はテーブルに戻《もど》ってくると、どかりと椅子に座り直す。

「まがりなりにも聖堂と聖印を持った者がいれば、最低限はどうにかなる」

「なにがだ？」

「言っただろう、使徒ザウエル。わたしはおまえに神託《しんたく》を授けに来たのだ」

「だからなんだよ、その使徒ってのは。それに神託だ？」

「命を救ってやったのだぞ。おまえは命の恩神《おんじん》の話もまともに聞けんのか」

「わかったわかった。ひとまず話は聞くよ」

「ふむ。わかればよい」

女神は尊大な態度で胸を張る。

「単刀直入に言おう。このままでは、世界は滅《ほろ》びる」

「…………は？」

本当に単刀直入過ぎて、逆にうまく頭に入らない。

「早ければ、あと一月も経《た》たぬうちに滅びるだろう」

「ちょ、ちょっと待てよ。なにを根拠《こんきょ》にそんなことを――」

そんなとき、店の外からなにかが風を切る「ヒュルヒュルヒュル……」という音が聞こえてきた。それはすごい勢いで屋根の上を通り過ぎ、しばらくして「ドーン……！」と大きな爆発音《ばくはつおん》を立てる。

「な、なんだ⁉」

慌《あわ》てて店の外に飛び出すと、街外れから火の手が上がっているのが見えた。ヒュルヒュルという音はさらにいくつか続き、火の玉のようなものが今度は郊外《こうがい》に落ちる。

「メ、隕石《メテオ》……!?」

魔術師《まじゅつし》が使う最高最強の攻撃魔法《こうげきまほう》に、天空から隕石《メテオ》を降らせるものがあることを、ザウエルは知っていた。だが、実際に見たことはない。

「おい、郊外に魔法攻撃が――」

店内に戻り、ザウエルはハッとなる。

「まさか……」

「邪竜《じゃりゅう》ラズアロスのこと、おぬし覚えておるか?」

「ラズアロス……」

ザウエルは、すぐにその名前を思い出す。

神話の時代、神々をも食い殺すと恐《おそ》れられた終末の邪竜――その名前がラズアロスだ。その力は天変地異を巻き起こし、流星すら降らせたという。

だが神話によれば、神々は協力し合い、邪竜を封印《ふういん》したというのだ。この邪竜ラズアロスが復活すれば、世界は滅びると神話は告《つ》げている。

「じゃあ、いまの隕石も……」

「ラズアロス復活の兆候《ちょうこう》であろうな」

「マジか!?」

急に、リアリティが増《ま》してくる。

「だけど、どうしてそんなことがわかるんだ……？」

「ラズアロスを封印《ふういん》したのは、このわたしだからだ」

「え……？」

「なんだ、その露骨《ろこつ》に疑いを込めた眼差《まなざ》しは！」

「いやだって、なあ？」

ザウエルは目の前に座る少女を改めて見やり、同意を求めるようにグルードを振《ふ》り返《かえ》る。

ドワーフの店主は、肩をすくめただけだ。

「なあ、ではない！　このような大切な話で、嘘《うそ》をつくとでも言うのか!?」

「仮《かり》に邪竜の伝説が本当だとしても、とてもあんたが封印したとは思えねぇんだけど……」

「神としての力が弱まっておるから、このような姿になっただけだ！　だいたいおぬし、兄がわたしを招来してラズアロスを再封印する現場におっただろうが！」

「おお！　あれって、〝神喰《かみく》い〟のラズアロスだったのか！　どうりであんなにおっかねぇわけだ」

「おぬし、いままで気づいておらなんだのか!?」

「いや、正直申し訳ない」

これはザウエルも素直に詫《わ》びる。

「ともかく、神格が弱まったことで、いまやこんな姿になってしまったのだ！　それゆえ封印も維持《いじ》できなくなっていることぐらい想像できんのか、このドアホウが！」

「くそ、口の悪い女神様だぜ……っ」

「――ふむ。じゃが、一応理屈《りくつ》にはかなっておるな」

そう言って話に加わってきたのは、グルードだ。

「神々の力の源《みなもと》は、その存在を信じ崇《あが》める信者の祈《いの》りによって支えられているという話じゃないか。となれば、この女神さんがマイナーになればなるほど弱るのもわかるし、その結果封印が弱まる、というのも納得はいく」

「……間違《まちが》いではないが、弱い弱いと連呼するな」

「つまりなんだ、マジで邪竜ラズアロスは復活寸前ってことなのか？」

神の力が弱まったがゆえの、いまの少女の姿とするならば、邪竜の封印もかなり危機的な状況《じょうきょう》なのは本当だろう。

「不本意ながら、その通りだ。だからこそ、こうやって信者の許《もと》へ自ら出向いておる」

「まあ、神の奇跡《きせき》も使えない、名ばかり信者《ファッション》だけどよ」

そう言って、ザウエルは聖印を指で弄《もてあそ》ぶ。

神々には、大きく分けて三つの階位がある。

神々の戦争以前に誕生《たんじょう》し、ラクシア世界全土で知られ、信仰《しんこう》されている古代神《エンシェント・ゴッド》。

神々の戦争中、あるいはそれ以降に生まれ、大陸規模で信仰されている大神《メジャー・ゴッド》。そして神格を得て間がなく、ごく限られた領域でしか信仰されていない若い神、小神《マイナー・ゴッド》。

（話が全部本当だとすれば、こいつこのナリで古代神なのか……）

子供っぽく頬《ほお》を膨《ふく》らませている自称《じしょう》女神を前に、ザウエルは腕組《うでぐ》みをする。

見れば見るほど、説得力のない話だった。頬には、揚《あ》げ芋《いも》のトマトソースがついてるし。

「どうせ神託が下りるなら、もっとこう、神々しい感じがよかったぜ……」

「やかましい。おまえの命を救うところは、十分神々しかっただろうが」

「まあ、そうだなぁ……」

確かに落とし穴で命を救ってもらったときは感動すら覚えたものだが……残念ながら、神々しい姿は見ていないザウエルである。

「で、その神託ってのは？」

「邪竜ラズアロスを、再封印する。その手伝いをするのだ」

「……………オレが？」

「他に誰《だれ》がおる」

「だけど……神様だって殺すような邪竜を封印するんだろ？　いま現在、隕石とか降らせてるし。神ならぬ生身のオレに、そんなことができるのかよ？」

「心配するな。ルカスのおかげで、いまはまだ封印は生きておる。それに封印には、わたしの愛剣《あいけん》——魔剣《まけん》キルヒアイゼンも突《つ》き立《た》ったままだ。その魔剣のある場所までたどり着けば、問題ない」

「……つまり、護衛をしろってことか」

それなら、普段冒険者としてやっている仕事の延長だ。わかりやすい。

「OK。じゃあ、ここからはビジネスの話だ。目的地やそこに至るまでに予想される脅威《きょうい》を、わかる範囲《はんい》で教えてくれ。それから、報酬《ほうしゅう》の話をしよう」

「報酬？」

しかしその言葉に、女神は首を傾《かし》げる。

「なぜそんなものを払《はら》わねばならん」

「いや、だっておまえ——」

「命を助けてやったのだ。それに信者ならば当然、神の言うことを聞くものだぞ」

「むぐ……」

確かに、命を救われた恩はある。そこを突かれると、ザウエルとしても弱かった。

「よいか。よく聞けたわけ者」

女神はかわいい顔から想像もつかない鋭《するど》い目で、ザウエルを睨《にら》む。

「世界を滅ぼすほどの邪竜を完全に封《ふう》じたとなれば、当然我が勇名は大陸中に轟《とどろ》き、一気に信者の数も激増《げきぞう》。神の力の源たる魔剣も取《と》り戻《もど》し、神話的活躍《かつやく》の前に数十、いや数百万の信者を得て、わたしの神としての力も一気に増すこととなるだろう！」

　言っていてだんだん盛り上がってきたのか、自称女神の少女は椅子《いす》の上に立ち上がる。

「その暁《あかつき》には、世界に巣くう邪悪《じゃあく》という邪悪、穢《けが》れという穢れを蹴散《けち》らし、始祖神ライフォスも戦神ダルクレムも泣いて土下座《どげざ》する、神の中の神となってくれるわ！」

　小さな拳《こぶし》を振り上げ、女神は虚空《こくう》を見上げる。

「そう……いずれ世界は我が前にひれ伏《ふ》すのだ！　よいか貴様ら。わたしの許可なく息することも許さんぞ。わたしこそが正義……わたしこそが秩序《ちつじょ》！　わたしこそが神々の王！　天空の女神王、ユリスカロアとなるのだ！　オーホッホッホッホッホホ！」

「お、おおー………」

　小指を立てた手を口許に当てて嗤《わら》う女神を前に、ザウエルはとりあえずおざなりな拍手《はくしゅ》を贈《おく》る。

「だがまあ、それはそれとして」

　スッと元のテンションに戻り、女神は椅子に座り直す。

「ケチで狭量《きょうりょう》な女神と思われるのもシャクな話だ。十分な働きに対しては、十分な褒美《ほうび》を与《あた》えてやろう」

「そいつはどーも……」

「見たところ、おまえ魔剣に呪《のろ》われておるな。それも、三本」

「では、万事解決した暁には、その呪いを解いてやるぞ」

「!?」

それは、ザウエルにとって思いがけない提案だった。

なぜなら、いままでどんな魔法使《まほうつか》いや聖職者に頼《たの》んでも、この魔剣の呪いは解けなかったのだ。

「本当だろうな、その話……？」

「女神が嘘《うそ》をつくと思うのか？」

「いや、だけど……」

「もちろん、いまのままでは、それほど強力な呪いを解くことはできん。だが、かつてわたしが使っていた魔剣を手にし、完全なる力を取り戻せば造作《ぞうさ》もないことだ」

腕組みをし、女神は態度だけは神っぽく、睥睨《へいげい》するかのように笑みを浮かべている。

(すごいんだかすごくないんだか……)

「よし、交渉《こうしよう》成立だな。さすがは我が使徒だ」

「……ま、いっか」

どのみちいま、誰かに雇《やと》われているわけでもない。

なにかに縛《しば》られているわけでもない。

完全なる自由人――それが、冒険者だ。

女神を自称する少女に連れられて、世界を救う冒険の旅に出るのも悪くはあるまい。

「となれば、前祝いをせねばな。ザウエル・イェーガー、好きなものを頼《たの》むといいぞ。今日はわたしがおごってやろう」

「マジか？　案外気前がいいな」

「当たり前だ。わたしは女神だぞ。遠慮《えんりょ》せず頼め」

そう言って、女神は笑顔でローブの懐《ふところ》から財布を取り出す。

その革の財布には、サカロス神の紋章《もんしょう》が刺繍《ししゅう》されていた。

4

「ん…………っ」

鎧戸《よろいど》の隙間《すきま》から差し込む朝日に、ザウエルは目を覚ます。

結局昨日は、そのまま女神ユリスカロアのおごりでさんざん飲み食いした。冒険の疲《つか》れもあったせいか、いささか途中《とちゅう》から記憶《きおく》が曖昧《あいまい》だ。

「さすがに、飲み過ぎたか……」

大きなあくびと共に、両腕《りょううで》を伸《の》ばす。だが鍛《きた》えられたザウエルの体は、一晩寝《ね》れば十分体力を回復しているらしかった。二日酔《ふつかよ》いもないようだったが、妙《みょう》に体が重い気がする。

しょぼつく目をこすり、頭だけ起こした。

そしてそこで、ぎょっとなる。

（なんだ……？）

「な、なな――――」

「んみゅ……もう朝か？」

妙な声を出してそう言ったのは、まだ幼《おさな》さの残る少女。

女神ユリスカロアが、ザウエルのたくましい体にしがみつくようにして眠《ねむ》っていたのだ。

「お、おいおい！　おまえオレのベッドでなにしてんだ!?」

「なにをしている、とはあんまりな目覚めの言葉だな。昨夜はあれほど熱く盛り上がったというのに」

「……嘘《うそ》つけ！　オレは子供に手を出すほど落ちぶれちゃいねぇ！」

ザウエルは自分がちゃんとズボンをはいていることを確認し、言い返す。だが上半身は裸《はだか》で、女神も下着だけだ。自分の中でも疑惑《ぎわく》が残る。

「なんの話だ？　昨夜の宴会《えんかい》の話だぞ？　それに、子供などどこにいる？」

女神はベッドの上に身を起こし、キョロキョロと部屋を見回す。

「……そうだよな。古代神なら三万年以上は生きてるもんな……」

噛《か》み合わない会話に、ザウエルは思わず顔に手を当てる。だがとりあえず、疑惑は解消されたようだ。

「それはそれとして……ここはオレの部屋だよな？」

改めて、ぐるりと部屋を見回す。

少し雑然としてはいたが、間違《まちが》いなくそこはザウエルの部屋だった。

部屋の主が起き出したことに気づいてか、一匹《いっぴき》の黒猫《くろねこ》が「にゃーん」と一声鳴いて近づいてくる。

「ニコがいるってことは、間違いないが……なんで女神ユリス様が、こんな荒《あば》ら屋《や》に？」

「答えは簡単《かんたん》だ。昨夜は飲み過ぎて、宿代がなくなったのでな」

「Oh……」

昨日の魔動機師のタビットくん、ごめんな――心の中で、女神に財布をすられたタビットに詫《わ》びる。

「そもそもあの酒場もこの離《はな》れも、元はと言えばわたしを崇《あが》める者たちの神殿《しんでん》であり宿舎ではないか。〝ご神体自らがお泊《と》まりくださった！〟とありがたがりこそすれ、迷惑《めいわく》そうな顔をされるいわれはないぞ不敬者」

「はいはい、ありがたやありがたや」

ぞんざいにあしらいつつ、飛びついてきた黒猫のニコを肩《かた》に乗《の》せてやる。

「なんだ、そやつは？」

「ん？　ニコか？　こいつはいつもオレんちに出入りしてる野良猫《のらねこ》だよ。まあ、半分ペットみたいなもんだな」

ザウエルが指先で頭を撫《な》でてやると、ゴロゴロと気持ちよさそうな音を出す。

「……そうか。まあ、おまえのペットならよいのだが」

女神はベッドから下りると、手早くトーガをまとった。元々美しい造形をしているだけに、髪《かみ》を払う仕草が案外色っぽい。

(力を取り戻したら、姿も大人《おとな》に戻るのかな……？)

かつて見た女神の姿こそ、ザウエルにとっての理想だった。特に、胸のボリュームと腰《こし》のくびれが。

「しかし、おまえの部屋はまるで魔術師《まじゅつし》の書斎《しょさい》のようだな」

「ん？　ああ。魔動機文明時代の本を集めるのが趣味《しゅみ》でね」

「まどうきぶんめいじだい？」

「世界中で繁栄《はんえい》してたんだが、三百年前に蛮族《ばんぞく》に滅《ほろ》ぼされた文明だよ。高度に発展した魔法の品《マジックアイテム》を大量に普及《ふきゅう》させて、それはもう夢のような世界だったらしいぜ」

「ふーん」

「ふーん……って、そんなことも知らねぇのか？」

「仕方あるまい。古代神の大半は、普段《ふだん》は天界で眠《ねむ》っておるだけだ。その上力が弱まった影《えい》

「じゃあなにか？　神々と人間が共存してたっていう神紀文明時代のことも、覚えてねぇのか？」

「騎士神《ザイア》とか炎武帝《グレンダール》をおちょくって遊んでいた記憶は漠然《ばくぜん》とあるのだが……」

「……その記憶も、本当かどうか怪《あや》しいな……」

「なにか言ったか？」

「いや、別に」

「ならいいが……この〝錬金術《れんきんじゅつ》〟というのはなんだ？」

机の上に置いたままになっていた本を手に取り、女神は首を傾《かし》げる。

「それも魔動機文明時代に発展した技術のひとつだよ。元は金を合成しようってことから始まったらしいが、いまじゃ魔法の道具を作ったり、物質の持つ第一原質《プリマ・マテリア》の力を活用した賦術《ふじゅつ》なんかのほうが有効利用されてるな」

「……難しい話はよくわからんが、新手の魔術《まじゅつ》のようなものか」

「まあ、そんなもんだ」

首を傾げる女神に、ザウエルは苦笑を浮かべる。

「どうしても単独《ソロ》の冒険が多いと、ひとりでなんでもできなきゃ生き残れないんでね。勉強家にもなるってもんさ」

「寂《さび》しいことを自慢《じまん》げに言うやつだのう」

「うるせえ」

女神のツッコミに思わず赤面してしまうが——実際、ザウエルの蔵書量は半端《はんぱ》な魔術師の書斎よりも充実《じゅうじつ》しているのは確かだ。

並んでいるのは、錬金術の本以外にも歴史や雑学の本、構造物に関係する書物、地理や地図に関する本、病気や薬品に関する本など、多岐《たき》にわたる。

中でも多いのは、魔法の品と魔物《まもの》に関する書物だ。特に魔物に関するものは、本棚《ほんだな》ひとつを完全に独占《どくせん》している。

「こっちの棚はなんだ?」

「ああ、そっちは趣味《しゅみ》で集めてる魔動機文明時代の本だよ。写真集とか、小説とかな」

「ふーむ……これはなかなかに精巧《せいこう》な絵だのう」

魔動機文明時代の風景写真集を手に取り、女神は唸《うな》る。

「中でもオレのお気に入りは、こっちのゲームブックでな」

「げーむぶっく……?」

「本なのに、自由な冒険を疑似体験できるっていう優《すぐ》れものだ。特にこのステファン・ヤークソンの〝ツァオベラー〟四部作が最高なんだよ。これの三巻目だけが見つからなくて——」

「さて、グルードの店に行くぞ。そろそろ人が集まっておるかもしれんしの」

熱く語り出したザウエルを、女神はさらっと無視。

「もうちょっと話を聞けよ……ってか、人？」

「そうだ。おまえが眠っている間に、街中に信徒募集《ぼしゅう》の布告を貼《は》って回っておいたからな。女神自らが降臨《こうりん》したともなれば、今頃長蛇《いまごろちょうだ》の列になっておるだろうて」

「な、なんだと……？」

眉根《まゆね》を寄せるザウエルを尻目《しりめ》に、女神は意気揚々《いきようよう》と部屋から出て行く。

ザウエルも肩《かた》の猫《ねこ》をベッドに下ろすと、慌《あわ》てて上着を引《ひ》っ掴《つか》み、その後を追うのだった。


「——なんだ、誰《だれ》もおらんではないか」

グルードの店にやってきた女神は、不満げに大きなため息をつく。

「そりゃそうだろ。誰も女神自らチラシを貼ってるとは思わねぇさ」

一方のザウエルは、妙な騒《さわ》ぎになっていないことに、ほっと安堵《あんど》の息を吐《は》いた。そんな彼を、やはり付いてきた黒猫のニコが見上げている。

「グルード、朝飯を二人前頼む」

カウンターの奥へそう告げると、ザウエルは掲示板《けいじばん》に乱雑に何枚も貼り付けられていたチラシを、一枚無造作《むぞうさ》に引きちぎる。

「……これ、自分で描《か》いたのか？」

女神と同じ席に着きながら、ザウエルは問う。

そこには〝愛と美の女神、ユリスカロア降臨！　来たれ敬虔《けいけん》なる信徒たち！　いまならば高司祭の地位と共に、女神の寵愛《ちょうあい》を得られるチャンス！〟〝女神と一緒《いっしょ》に世界を守ろう！〟と交易共通語で書かれていた。

そしてど真ん中に、妙にファンシーな女神の似顔絵が描かれている。

「どうだ、なかなか魅力《みりょく》的に描けておるだろう」

「魅力的って言やぁ、そうかもしれんが……」

このチラシを見て、本当に女神が降臨したと思う者がどれだけいるというのか。

（本当に神様なのか、こいつ……）

改めて、根本的な疑問が湧《わ》いてくる。

「なあ、もしかしてこれ、おまえが全部手書きしたのか？」

「おまえとか言うな」

「あ、悪ぃ……女神ユリス様」

「主の名を略すとは不敬な……と言ってもいいところだが、親しみがあるのも悪くはあるまい。わたしもこれからは、親しみを込めておまえのことはザウと呼ぼう」

「そいつはどうも……」

そんな呼ばれ方をしたことがないので、軽く戸惑《とまど》ったりもするが。

「それで、ユリス様。このチラシ、神の奇跡《きせき》で大量に刷《す》ったりしたわけかい？」

「する……？　すべて手書きだが、なにか問題があるのか？」

「いや……特には」

神は全能ではない――昨日の女神のセリフが、脳裏に蘇《よみがえ》る。

それにしても、手書きとは。

「神の奇跡で、ばばーっと作ったのかと思ったぜ」

「馬鹿者《ばかもの》。昨日も言った通り、決戦に備《そな》えて神力は温存せねばならんのだ」

心底馬鹿《ばか》にしたような顔で、女神は言い放つ。

「もちろん、神の力を使えばこの街のすべての壁《かべ》に我が姿を描くことなど造作もない。しかし神自らが地上で力を発揮することは、基本的に禁忌《タブー》なのだ」

「そうなのか……？」

「当たり前だ。でなければ、ずーっと〝神体招来《コールド・ゴッド》〟されたままになってしまうだろうが。他の神にバレん程度にちょっと使う分ならまだしも、神にも守らねばならんルールはあるのだ」

「なるほどなぁ……」

神様も意外と大変なんだな、とザウエルはチラシを見ながら思う。

「しかしオレが知る限りでは、女神ユリスカロアと言えば戦《いくさ》と知略を司《つかさど》る〝戦勝神〟だったと思うんだが……」

「そうなのか？」

「そうなのかって……おまえな」

きょとんとした顔で見つめてくる女神を見て、ザウエルは改めて嘆息《たんそく》する。

結局女神自らが現れるまで、神の声を聞くこともできなかったザウエルだが、一応神官の家系《かけい》だけにご神体についてはそれなりに詳《くわ》しい。

（確か神々の戦争の際には、始祖神ライフォスなどを助けて戦い、知略の限りを尽《つ》くして勝利へと導《みちび》いた神のはずなんだがな……）

なのにどこか、目の前の女神はこすっからしいイメージがあった。

むしろ〝盗賊《とうぞく》の女神《めがみ》〟とか言われたほうが、しっくりくるから困る。

「賢神《けんしん》キルヒアとも関係があるって話だが……」

「キルヒアは父だ」

「マジで⁉」

「……たぶん」

「たぶん、って……」

本当ならば宗教学上、極めて重要な情報なのだが、まるで信憑性《しんぴょうせい》が感じられない。

「まあ、現代におけるわたしへの評価も、そう大きくは外れておらんだろう。いささか記憶《きおく》は曖昧《あいまい》だが、ダルクレムの猪《いのしし》めを罠《わな》にはめまくった記憶はおぼろげにあるからな」

「スケールがデカイのやら小さいのやら……」

戦神ダルクレムと言えば、始祖神ライフォスと並ぶ原初の神だ。蛮族《ばんぞく》の大半が崇《あが》める荒《あら》ぶる神でもあり、ラクシア世界でもっとも恐《おそ》れられている神だろう。それを猪呼ばわりするのだから、やっぱり本当に女神なのかもしれない。

「ひとまず、その話はこれぐらいでいいとして……昨日の話の続きだ」

「なにか言い忘れたことがあったか?」

「旅の目的地だよ。邪竜《じゃりゅう》ラズアロスが封印《ふういん》されている場所と、それを封じる魔剣《まけん》の在処《ありか》だ。そいつがわからねぇことには、旅の準備もできねぇだろ」

「ん?　おぬし、あのときルカスに同行しておったではないか」

「……あのときは、兄貴に黙《だま》ってついていったからな」

兄の飛空船に隠れて乗り込み、気づけば目的地だった、というわけだ。そしてその飛空船もラズアロスとの戦いの余波で失われ、ザウエルが目を覚ましたのは、この神殿《しんでん》だった。

「なるほど。どうりでヘボいガキが同行していたわけだ」

「おまえ、ホント容赦《ようしゃ》ねぇな……」

ザウエルは渋《しぶ》い表情を浮《う》かべるが、変に同情されるよりはスカッとする。それだけに、別に怒《いか》りも湧《わ》いてこなかった。むしろ心配げに彼を見上げる黒猫《くろねこ》の頭を、くしゃっと撫《な》でてやる。

「まあよい。ならばわたしに任《まか》せておけ」

女神は得意げにそう言うと、目を閉《と》じて両方のこめかみに指を当てて唸《うな》り出す。

「魔剣の在処はだな……むー……」

どんな神の奇跡が飛び出すのか——思わず身構えるザウエルだったが、その期待は次の瞬《しゅん》間《かん》、あっさりと裏切られることになる。

「——あっちの方角にある、山の奥だ」

そう言って、女神は一点を指差す。

「……えらくアバウトだな……」

「なにがアバウトなものか。極めて正確に指差しているのだぞ」

落胆《らくたん》の表情を見せるザウエルに、女神は頬《ほお》を膨《ふく》らませる。そこへ、グルードが盆《ぼん》に載《の》った朝食を運んできた。

「グルード特製、フィッシュフライサンドじゃ。力が出るぞい」

「おお、これはまた見事な。昨夜の揚《あ》げ芋《いも》もよかったが、これもよい香《かお》りがするのう」

細長いパンにアツアツの揚げたてフィッシュフライと炒《いた》めた野菜が詰《つ》まった、この店評判の朝食だった。冒険者の店らしくボリュームも満点であり、それを見るなり、女神の表情が子供のように輝《かがや》きを増す。

「うまさの秘訣《ひけつ》は秘伝のスパイスじゃ。熱いうちが最高にうまいぞ」

「うむ。見事見事。お代は我が信徒から受け取るがいい」

「……結局オレが払《はら》うのかよ……」

わかってはいたが、思わずつぶやいてしまうザウエルである。

「グルード、近くの地図を出してくれないか？」

「そう言うだろうと思って、そっちも用意してきたわい。ほれ」

「さすがグルード、手回しがいいぜ」

「お主とは長い付き合いじゃからな。だがまあ、その地図をわざわざ広げる必要はないかもしれんぞ」

「……どういう意味だ？」

地図を手に、ザウエルの動きが止まる。

「その女神さんの指した方角……それが本当に正確なのだとすれば――」

「正確に決まっておろう」

「――山と言えば、ひとつしかない。ピグロウ山じゃ」

「〝冒険者喰《ぐ》らい〟か――！」

グルードの指摘《してき》に、ザウエルもすぐさま合点がいく。

〝冒険者喰らい〟の異名を持つ、ピグロウ山。その呼び名の通り、ここフォルトベルクの街周辺でも、もっとも危険で難易度《なんいど》の高い場所のひとつだった。

急峻《きゅうしゅん》な山々が連なり、地殻《ちかく》変動の影響《えいきょう》でそれらがより複雑な構造を成している天然の要害。〈大破局〉の際に噴火《ふんか》し、いまなお噴煙《ふんえん》を上げ続けている活火山でもある。

だがこの地からは三千年前に滅んだとされる古代魔法文明の遺跡《いせき》や、神々の時代の遺物とも言われる神紀文明遺跡の痕跡《こんせき》さえ発見されており、文字通り宝の山と目されていた。

しかしこの遺跡群を目指し、一攫千金《いっかくせんきん》を狙《ねら》った冒険者のことごとくが、未帰還《みきかん》で終わっていた。あまりに生還率《せいかんりつ》が低いことから、いつしか〝冒険者喰らい〟の異名を持つようになり、近年ではめっきり挑戦《ちょうせん》する者も減ってしまっているのが現状だ。

「……なるほどな。女神様の魔剣が眠《ねむ》る場所としては相応《ふさわ》しいぜ」

改めて地図を開き、ピグロウ山の場所を確認する。

ザウエルもまだ、この〝冒険者喰らい〟には未挑戦だった。

「わたしが邪竜ラズアロスを封印したのも……あぐあぐ……当然その山だ。そしてわたしの魔剣は……はふはふ……邪竜を封印する魔方陣《まほうじん》の形に……んぐ……安置されておる」

「一本じゃねぇのかよ⁉」

思わず驚《おどろ》きの声をあげるザウエルだったが、女神は動じた様子もなくフィッシュフライサンドを食べ続けている。

「本命である我が魔剣、キルヒアイゼンは一本だ。あとは中心の封印を強化するための補助みたいなものだな」

言われてみれば、邪竜と戦ったとき、女神は五本に分裂する斧槍《おのやり》を投げていたことを思い出す。

「……ちゃんと本命の場所はわかるんだろうな？」

「わたしの剣《けん》だぞ。間違《まちが》うわけがあるまい」

眉根《まゆね》を寄せるザウエルに、女神は胸を張ってみせる。相変わらず口許には、ソースがついていたが。

「……こいつは単独《ソロ》だとキツイな……」

ザウエルはまるっきり無邪気《むじゃき》な少女にしか見えない女神を前に、軽く嘆息《たんそく》する。

そもそも単独での冒険は大きな危険がつきまとうのに、これほどの難所へ、自称《じしょう》女神とはいえ護衛対象を連れて単身踏《ふ》み込むなんて自殺行為《こうい》だ。冒険者として六年以上の経験《キャリア》を持つザウエルだけに、はっきりと危険度の高さが見てとれる。猫《ねこ》のニコでさえ、「にゃぁ……」と不安げな声を出した。

「――仲間を募《つの》るか？」

「そうしたいのは、山々だが……」

グルードの問いに、ザウエルは渋《しぶ》い顔をする。

「どうした？　頼《たよ》りになるやつはおらんのか？」

「いや……まあ、オレの場合、〝呪《のろ》い〟のせいでな……」

「仲間になってくれる者がおらんのか？　なんとも狭量《きょうりょう》な」

「はは……事情を知らないなりに、義憤《ぎふん》を感じてくれてありがとよ」

素直な女神の言葉に、ザウエルは思わずその頭を撫《な》でてしまう。

「こら、童《わらべ》ではないのだぞ。頭を撫でるな」

「おっと、悪ぃ悪ぃ」

少し頬を赤らめて唇《くちびる》を尖《とが》らせる女神から、ザウエルは慌《あわ》てて手を引っ込める。

「しかしそうとなれば、まずは仲間捜《さが》しということだな。なぁに、今回はこのわたしがついておるのだ。なにも心配する必要はないぞ」

「だといいんだが……」

自信満々な女神に対し、ザウエルの表情は浮かない。

「わたしに任せておけ。伊達《だて》に女神ではないところを見せてやる」

そう言って女神が胸を張《は》れば張るほど、不安が増す。

そんなザウエルの足許《あしもと》で、黒猫が心配げに「にゃぁん」と鳴き、郊外《こうがい》に隕石《メテオ》が落ちる「ドーン……」という音が響《ひび》いた。

第二章　それは仲間ですか？

1

空は快晴。

風はわずかに暖かい西からの微風《びふう》。

ピグロウ山もよく見え、雲らしいものと言えば、その山頂から上る煙《けむり》ぐらいしかないほどに晴《は》れ渡《わた》っている。

「ふむ。なにか新しいことを始めるには最適の日和《ひより》だな」

グルードの店、〈炎《ほのお》の髭亭《ひげてい》〉を出た女神《めがみ》ユリスは、明るく柔《やわ》らかい太陽を見上げて満面の笑《え》みを浮《う》かべる。

「ずいぶんと前向きだな」

「当然だ。こうやって太陽の下を自由に歩くのも、久しぶりだからな」

ザウエルの言葉に、女神は改めて笑みを見せる。陽光の下、弾《はず》む足取りで豊《ゆた》かな金髪《きんぱつ》を風に踊《おど》らせる姿は、思いがけず躍動《やくどう》的な美を放っていた。不覚にも、ザウエルは目を奪《うば》われる。

「ごく稀《まれ》に〝神体招来《コール・ゴッド》〟されるとき以外は、天界で寝《ね》ているだけだからな。神は神なりに、苦悩《くのう》もあるのだ」

「なるほどなぁ……」

いまいち感覚がわからないので、生返事になる。

フォルトベルクの街は、今日もいつもと変わらないように見えた。街外れや郊外に隕石が落ちたことは話題になっているようだが、街の営《いとな》みそのものに変化はない。不安は感じているのかもしれないが、基本的に危険に鈍感《どんかん》で精神的にタフな住民が多いのだろう。

「それで、今回の旅に相応《ふさわ》しい者がおるのは、どこの店だ?」

「大通りに出てから、広場の近くまで行ったところだよ」

そう言って、ザウエルは女神を先導する。

仲間を募《つの》ると決めたとき、ザウエルはまず、早々にグルードの店で探《さが》すのを諦《あきら》めた。なぜなら、〈炎の髭亭〉に登録している冒険者の数はさほど多くない上に、ザウエルが一番のエースである。当然、実力的に劣《おと》る者しかいないのだ。

「〈栄光の黒馬亭〉って店でな。腕《うで》のいい冒険者《ぼうけんしゃ》が揃《そろ》ってるので有名なんだわ」

「ほう……その中には、おぬしより優秀《ゆうしゅう》な者はいるのか?」

「評判を聞いているだけで、詳《くわ》しいことを知ってるわけじゃないけどな。だけどまあ……いるんじゃねぇの? たぶん」

「そうか。だが心配するな。どれほど優秀な者がおろうとも、わたしはおまえを見捨てたり、乗《の》り換《か》えたりはせんからな」

「……ありがとよ」

妙《みょう》に生真面目《きまじめ》な表情で頷《うなず》く女神の横顔を見て、ザウエルは小さく苦笑する。

〈栄光の黒馬亭〉までは、歩いてもさほどの距離《きょり》ではない。人口三万人を超《こ》えるフォルトベルクだが、街の周囲を城壁《じょうへき》で囲った城塞《じょうさい》都市だから、街並《な》みがかなり密集しているのだ。そのせいもあって、案外街自体は狭《せま》いのである。

「そこそこ賑《にぎ》やかな街だな」

「この辺《あた》りは魔動機文明時代の遺跡が多いからな。そうなると冒険者が集まってきて、ちょっとした街ができあがる。この街も、そうやって大きくなったってわけだ」

ユリスは建て増し工事中の家屋や行き交う人々の様子を見て、興味深そうに大きな目をくるくると動かしている。こうやって見ると、金持ちのお嬢《じょう》さんを護衛がてら観光案内している気分だ。

もっとも街のあちこちに女神ユリスカロアの信者募集《ぼしゅう》チラシが貼《は》られているのが、妙に気になるザウエルだったが。

「あ、ザウエルさん！　お、おはようございますっ」

そんなとき、街路をほうきで掃《は》いていた娘《むすめ》が挨拶《あいさつ》してくる。歳《とし》は十七、八ぐらいの、長い黒髪《くろかみ》をしたなかなかの美人だ。

「おう、おはようさん。昨日は世話になったね」

「い、いいえ！　ザウエルさんこそ、お元気そうでなによりですっ」

少し頬《ほお》を紅潮させ、娘は頭を下げる。

「……知り合いか？」

「アリエル・ウィンザー先生。ひとりで施療院《せりょういん》やってる先生だよ。あれでなかなかの腕利《うでき》きでね。冒険から帰ってきたときは、いつも体を診《み》てもらってるんだわ」

手を振《ふ》って小さな施療院の前を通り過ぎ、女神の疑問に答える。

「一応神官の家系なのに、傷《きず》を癒《いや》してもらいに別の神殿《しんでん》に行くのも気が引けるってのもあるけどな……」

「ふむ。情けない話だが、その心がけ自体は悪くないのう」

「おっと、それよりそろそろ見えてきたぞ。あの黒馬の看板が下がってる店が、〈栄光の黒馬亭〉だ」

大通りに面した、大きく目立つ建物。

その正面口の上には、立派《りっぱ》な黒馬の絵が飾《かざ》られていた。

「ほほー、これは立派な店だな」

〈栄光の黒馬亭〉の前に立ち、女神は感嘆《かんたん》の声を洩《も》らす。

「そりゃ、こっちはフォルトベルクでも一番多くの冒険者を抱《かか》えてる店だからな。そもそも〈炎の髭亭〉と比べりゃ、敷地《しきち》も違《ちが》うし間口の広さも全然違う」

「それだけ有能な者も多いということだ。好都合ではないか」

スイング式になっている正面口を押《お》し開け、二人は店内に入る。その瞬間《しゅんかん》、熱気が波のように二人を打った。

「ぬお……こ、これは……」

女神が驚《おどろ》きの声を出すのも無理はない。この〈栄光の黒馬亭〉の活気溢《あふ》れる様子は、とても〈炎の髭亭〉と比較《ひかく》できるものではなかったからだ。

一階は酒場兼《けん》雑貨屋の窓口、という冒険者の店特有の構造は同じだ。だが、広さがまったく違う。

それにまだ午前中だというのに、店内には二十人近くの冒険者がたむろしている。店の奥《おく》に設置された大きな掲示板《けいじばん》には無数の依頼書《いらいしょ》が貼り出されており、リーダーらしい冒険者が数人、内容を吟味《ぎんみ》しているのも見えた。

客の中には朝から酒盛《さかも》りをしている者もいれば、武器や冒険用の道具の手入れをしている者もいる。みな一様に活力に溢れた表情をしており、それらすべてが熱気の源となっていた。

「なにもかも、ずいぶんと違うものだな……」

「こっちは成功者が集まってるからな。ソロでしか冒険できないような、そんな落伍者《らくごしゃ》が集まる〈炎の髭亭〉とはわけが違うさ」

「……よかったのう。わたしの神殿をグルードに売っておいて」

「うるせーな」

嫌味《いやみ》ではなく同情心で言われたことに、ザウエルは唇《くちびる》を尖《とが》らせる。

「しかしそれにしても、今日は活気ありすぎだな。誰《だれ》か大きな山でも当てたのか？」

ザウエルは足を止め、店内を見回した。

そしてすぐに、店内が盛り上がっている理由に気がつく。

「ジェダ……！　あいつ帰ってたのか……」

「ん？　知り合いか？」

ザウエルが見つめる一点。

無数の冒険者に囲まれて、その男は楽しげに談笑していた。

歳は二十代後半ぐらいに見える。美しい銀髪《ぎんぱつ》に、印象的な灰色《はいいろ》の瞳《ひとみ》。一見すると細身に見えるが、袖《そで》から覗《のぞ》く腕《うで》の筋肉を見れば、無駄《むだ》なく鋼《はがね》のように鍛《きた》えられているのがわかる。

その背後には護衛のように女戦士がひとり立ち、回りには幾人《いくにん》もの冒険者が集まっていた。

その冒険者たちと、男は酒を豪快《ごうかい》に酌《く》み交わしながら笑っている。

「人気者だな。この店のエースか？」

「いや……」

「――この街の、エースだった男だ」

「？」

〝絶対の帰還者〟ジェダ・プロマキス――それが、男の名だった。

戦士《ファイター》にして妖精使い《フェアリーテイマー》。噂《うわさ》ではすでに七十回以上の冒険を成功させており、どんな困難な状況からも必ず生還することから〝絶対の帰還者〟の二つ名で呼ばれていた。その名はフォルトベルクの街だけに留《とど》まらず、近隣《きんりん》の国々まで知られるほどの有名人だ。

「エースだった――ということは、いまは違うのか？」

「ああ。いまやひとつの街に留まらず、あちこち旅してるって話だ」

「なるほどのう。確かに腕が立ちそうな面構《つらがま》えをしておる」

男でも振《ふ》り返《かえ》るような美形だが、その表情には自信が満ちあふれており、どこか野性味を感じさせる。座《すわ》っているだけでも存在感があり、誰《だれ》も無視できない雰囲気《ふんいき》があった。

「ジェダは、欲《ほ》しいものを得るために冒険者になり、これまで欲しいと思ったものはすべて手に入れてきた男……そう呼ばれている。しかしまさか、帰ってきていたとはな」

「ふーむ……ところであの男、頭に角が生えているように見えるが……」

「角？　ああ、ジェダはナイトメアだからな」

「ないとめあ？」

「知らないのか？」

「知らん」

「んー……そっか、ナイトメアって、神様が戦争する前はいなかったのか」

軽く、驚《おどろ》かされる。この女神に限っては、忘れているだけかもしれないが。

「ナイトメアってのは、人間やエルフ、ドワーフから生まれてくる突然変異種《とつぜんへんいしゅ》だよ。生まれながらに魂《たましい》に〝穢《けが》れ〟を持っていて、その影響《えいきょう》で角や痣《あざ》があるんだ」

「魂に〝穢れ〟か……蛮族《ばんぞく》のようなものだな？」

「まあ、そうだけど……」

蛮族というのは、ゴブリンやボガード、オーガやトロールといった人型の魔物《まもの》の総称《そうしょう》だ。戦神ダルクレムが生み出したと伝えられており、人間たち人族とは神話の時代から対立し、数万年間戦い続けていた。この蛮族と戦うのも、冒険者の大事な仕事のひとつだ。

「ふむ。蛮族が人族の街中にいるとは、時代は変わったのう」

「わ、ばかっ」

不用意な女神の言葉は、周囲の冒険者たちの耳にも届いていた。ザウエルは慌《あわ》ててその口を押さえていたが、一斉《いっせい》に屈強《くっきょう》な冒険者たちが振り返る。

「おいコラ。誰だいまの？　ああッ？」

さっそくガラの悪い口調で、因縁《いんねん》をつけてくる声が響《ひび》く。

「やめとけ、フレドリック」

「いーや、黙《だま》ってられるかってんだよッ。ジェダの悪口を言うヤツぁ、オレが絶対に許しちゃ……ん？」

ジェダの制止を振り切って出てきた相手を、ザウエルと女神は知っていた。

「おお。おまえは昨日のウサギではないか」

「テ、テメェはァァァァァァァァッ⁉」

人間の子供ほどの身長しかない、白いウサギに似た種族──昨日〈炎の髭亭〉でもめた、あのタビットの魔動機師《まどうきし》だった。

「オレの財布をスっただけに飽《あ》きたらず、今度はジェダの悪口まで言いに来たのかこのドブス！　眉間《みけん》に新しい口開けてそっちで詫《わ》びさせてやろうかクサレガキぐほッ」

タビットの罵詈雑言《ばりぞうごん》が終わるより早く。

女神の稲妻《いなずま》のような前蹴《まえげ》りが、ウサギに似た顔面に炸裂《さくれつ》していた。

「ドやかましいわ。このウサギのぬいぐるみめが」

「こ、こらぁぁぁっ！」

蔑《さげす》みの目で仁王《におうだ》立ちする女神に、ザウエルは思わず突《つ》っ込《こ》む。

だが結果として、それが殺気立ち始めた冒険者たちの動きを止めることになった。

「よぉ、ザウエルじゃねぇか」

「……悪ぃな、ジェダ」

立ち上がった銀髪の冒険者を前に、ザウエルは短く詫《わ》びを入れる。その後ろに立つ女戦士の冷たい殺気に満ちた目が、なかなかに怖《こわ》い。

「こいつ、田舎《いなか》から出てきたばっかりでな。あんまり常識とかそういうの知らねぇんだ。今回は大目に見てやってくれないか？」

「誰が田舎者だ。この不信心モガ――」

文句を言おうとする女神の口を、かなりガッチリと手でふさぐ。

「別に構わんさ。誤解《ごかい》や偏見《へんけん》には慣れてるからな」

そう言って、ジェダは不敵な笑みを浮かべる。

蛮族は魂を穢れさせることで、特異な外見と特殊《とくしゅ》な力を得るに至った。その蛮族との戦いの歴史があるため、魂の〝穢れ〟は人族社会で忌《い》み嫌《きら》われていた。それゆえ生まれながらに〝穢れ〟を持つナイトメアは、長い歴史の中で、常に差別される存在だったのだ。

だが実力があれば認められる冒険者の世界において、ナイトメアは頼《たよ》りになる仲間と考えられている。そしてジェダこそ、それを体現している代表格だった。

「おまえこそここに顔を出すなんざ、珍《めずら》しいな。どういう風《かぜ》の吹《ふ》き回《まわ》しだ？」

「まあ、それがだな……」

ジェダの問いに、ザウエルは周囲を見回した。だが理由を切り出そうにも、完全に店中の冒険者から敵意ある眼差《まなざ》しを向けられている。

(仲間を募《つの》りに来た……なんて言える雰囲気《ふんいき》じゃねぇ……ぜ!?)

思わず嘆息《たんそく》しそうになったザウエルの股間《こかん》に、突然激痛《とつぜんげきつう》が走る。女神がカカトで、思い切り蹴り上げたのだ。

「テ、テメ………っ」

「ふふん。未熟者《みじゅくもの》めが」

よろけるザウエルを尻目《しりめ》に、自由になった女神は勝ち誇《ほこ》った笑みを浮かべる。

「我《わ》が名は、女神ユリスカロア。この地上に降臨《こうりん》せし偉大《いだい》なる神よ」

跳躍《ちょうやく》し、テーブルの上に立つ。

「そして我《われ》らがここに来た理由は単純明快。世界を救うための、我が遠征《えんせい》に同行する勇者を募りに参ったのだ」

「ほう……」

「どうだ、ジェダとやら。共に行かぬか?」

そしてそう言い放った瞬間《しゅんかん》、再び店内の空気がざわっと揺《ゆ》れた。

「ちょ、おま……」

「なに言ってやがんだこのクソアマッ!　ジェダがオメェみてぇなガキのお守りなんぞするかと思って――」

「――目的地はどこだ?」

「ジェダ⁉」

割って入ったタビットが、予想外の反応に目を丸くして振《ふ》り返《かえ》る。

「さすが、一流は一流を知る、ということだな。話が早い」

「おい待て、三流女神……っ」

「誰が三流だ」

「ぐお……っ⁉」

今度はカカトで足を踏《ふ》まれた。

「我らが向かう目的地は――ピグロウ山だ」

「〝冒険者喰《ぼうけんしゃぐ》らい〟⁉」

女神がその名を口にした瞬間、店内が大きくざわめく。

「――ザウエルのヤツ、あの難所に挑《いど》む気か……？」

「――だから仲間を……？」

「――さすがにソロじゃ無理だと判断したらしいな……」

「――あんな危険な場所に、〝呪いの三剣《トライカーズ》〟と行けるもんかよ……」

「――ああ。〝呪いの三剣〟ザウエルと一緒《いっしょ》じゃ死にに行くようなもんだ……」

様々なヒソヒソ声が、周囲を飛び交う。それを、ジェダはしばらく黙《だま》って聞いていた。

「ふん。腕利《うでき》きの集《つど》う店と聞いておったが、存外腰抜《こしぬ》け揃《ぞろ》いだの」

　そんな冒険者たちを見て、女神は蔑《さげす》みの眼差しを浮かべる。

「このガキ――」

　当然の反応として、冒険者たちは色めき立つ。だがそれを制するように、ジェダが前に出た。

「〝冒険者喰らい〟に挑《いど》むとは……なるほど、仲間を募る気になるのももっともだな」

　変わらず不敵な笑みを浮かべるジェダを前に、ザウエルはしばし沈黙《ちんもく》する。

「兄の遺志を継《つ》ぎ、邪竜《じゃりゅう》の封印《ふういん》を守りにでも行くのか？」

「……そういうことに、なるな」

「だったら……」

　ジェダは一度言葉を切り、わずかに目を伏《ふ》せる。

「ザウエル。残念だが、おまえとは行けねーな」

「なに……？」

　獣《けもの》のような笑みを浮かべるジェダの答えに、ザウエルは眉根《まゆね》を寄せる。

「オレとは行けない……ってのは、どういう意味だ？」

「まったくだ。おまえほどの一流が、怖《お》じ気《け》づいたとでも言うのか？」

「このクソ女神、テメェは黙って聞いてりゃ調子に乗りやがって！　頭ぶち抜《ぬ》いて、死んだらマジでタビットになるか試してや――」

再び銃《ガン》を引《ひ》き抜《ぬ》いたタビットを、ジェダは手で制する。

「ジェダ……？」

「ザウエル。死にたくなければ、あの山に近づくのはやめておけ。おまえの腕《うで》じゃ、どうにもならねぇからな」

「……なんだと？」

ザウエルには、ジェダの警告が、単純に山の脅威《きょうい》を語っているようには聞こえなかった。だが詰《つ》め寄《よ》ろうとするザウエルの前に、鋭《するど》い槍《やり》が突《つ》き出《だ》される。

「――帰れ、〝呪いの三剣〟。ジェダ様の次の遠征《えんせい》は、もう決まっている」

そう告《つ》げたのは、ジェダの背後に控《ひか》えていた女。そのどこか無機質な瞳《ひとみ》には、一切の容赦《ようしゃ》や人間的な感情が欠落しているように見えた。

「ヨーレの言う通り、さっさと消えろカスッ！　じゃねぇと、ケツの穴《あな》二つほど増やしてクソの通りをよくしてやるぜクソッタレ！」

同様に、タビットの魔動機師も両手で銃を抜いていた。その他の冒険者たちも、みなそれぞれ得物に手をかけている。

「………………わかったよ」

「ザウ、こんな脅《おど》しに屈《くつ》するのか⁉」

「邪魔《じゃま》したな、ジェダ」

「おい、ザウ！　ザウエル！」

女神の呼び声も無視し、ザウエルは複雑な心境のままきびすを返した。そのまま振り返ることもなく店を出てゆく。

「おいこら、待たんか！　ええいっ」

そんな呪《のろ》われた戦士の背中を、女神もしかたなく追いかけるのだった。

2

それから昼過ぎまで、ザウエルと女神ユリスカロアはフォルトベルク中の冒険者の店を巡《めぐ》った。

だが、結果は——全滅《ぜんめつ》。

予想はしていたが、正直ザウエルはへこんでいた。

メンバーに加わることを断《ことわ》られた理由は、大きく分けて三パターンだ。

ひとつは、すでに固定のパーティを組んでいるから、というパターン。

ひとつは、〝冒険者喰らい〟ピグロウ山が目的地と聞いて、断られるパターン。

そして最後のひとつは——言外にせよ直接言われるにしろ——ザウエルとは組みたくない、というパターンだった。

「どうなっているのだ、この街の冒険者とやらは！　誰《だれ》ひとり手を挙げる者がおらんとはフヌケ揃《ぞろ》いか！」

「まあ、予想通りだけどな……」

「なにが予想通りだ！　はじめから無理と諦《あきら》めている者には、誰もついてこんぞ！」

どこか達観したようなザウエルに対し、女神は激《はげ》しく憤慨《ふんがい》していた。

「もうよい。こうなれば、我ら二人だけで挑《いど》むこととしよう。目的地を聞いただけで震《ふる》え上がるような輩《やから》では、むしろ足手まといにしかならんからな」

「オレたち二人だけ、か……」

それが可能かどうか、ザウエルは簡単《かんたん》に目算してみる。だが、どう考えても危険性が高すぎた。

「その顔を見ると、どうやら難《むずか》しいようだな」

「まあ……な」

ザウエルは女神がさらに怒《いか》り狂《くる》うのを覚悟《かくご》で、素直に認めた。だが、意外なことにユリスは軽く嘆息《たんそく》しただけだ。

「腹が減《へ》ったぞ、ザウ。ひとまず食事にしよう」

「お、おう」

「そうだな、あの屋台のようなやつがよい。実に興味深い匂《にお》いがする」

言うや、ユリスはさっさと道端《みちばた》で営業している屋台へと軽やかな足取りで近づいていった。

売られているのは、羊肉の串焼《くしや》きだ。この辺《あた》りは、屋台や出店が多い通りであり、そうした店は無数に並《なら》んでいる。

「確かに、腹が減ってちゃ元気も出ねぇしな」

ザウエルは苦笑を浮かべると、適当に注文する。

「テーブルも椅子《いす》もないようだが……これはどうやって食べるのだ？」

「歩きながら食うのさ。家に持って帰って食ってもいいがな」

「郷《ごう》に入っては郷に従え——だな。たまにはこういう粗野《そや》で野味に溢《あふ》れた食事も悪くはあるまい」

「——はいよ、お待ち！」

そう言って差し出された串焼《くしや》きの肉を、女神は目を輝《かがや》かせて受け取った。そこまで幼いわけではないが、どこか祭《まつり》の日の子供のようにも見える。

「……うむ。青空の下で歩きながら食べるのもまた乙《おつ》なものだな」

「そいつはよかった」

女神の機嫌《きげん》が直ったことに、ザウエルも軽く安堵《あんど》する。

「——さて、ザウ」

「ん？」

「こうなったら、冒険者以外の者を巻き込むぞ」

「むぐっ⁉」

　思わず、肉が喉《のど》に詰《つ》まった。

「冒険者以外だぁ？　そんな素人《しろうと》を連れていってどうするんだよ？」

「誰が素人を連れていくと言った？　能力はあるが、冒険者をしておらん者だ。例《たと》えば、グルードなどどうだ？　あの銃とやらの威力《いりょく》はなかなかのものだったぞ」

「ああ、そういう意味か……そうだな。確かにグルードのオヤジは元冒険者で、腕のいい魔動機師だが……足を傷《いた》めて引退《いんたい》してるからな。山の冒険はキツそうだぜ」

「むう」

　当てが外れたのか、ユリスは唇《くちびる》を尖《とが》らせる。

「ザウ。そもそもおまえが想定する必要最低限の構成というのはどういったメンバーなのだ？　こうなったら必要な人材を強引《ごういん》にでも仲間に引き入れたほうがよさそうだからな」

「強引に……？」

　その一言が気になったが、ひとまず無視することにする。

「そうだな……まず、いまいるのが前衛《フォワード》で攻撃担当《アタッカー》のオレ。それと、盗《とう》ぞ――いや、女神様」

「なにか言いかけなかったか？」

「うんにゃ、なんにも」

　とりあえず、すっとぼける。

「オレは呪《のろ》いの影響《えいきょう》で、戦闘《せんとう》になったら女神様を守ることが極めて困難だ。なので、できれば防御《ぼうぎょ》に優れた守備要員《タンク》がひとり。それにこのままだと魔法《まほう》への適応力が低すぎるから、魔術師《ソーサラー》か操霊術師《コンジャラー》、あるいは妖精使い《フェアリーテイマー》あたりが欲しいところだな」

「つまり、最低あと二人必要、ということか」

「まあ、そういうことだな」

「ふむ。ならばザウ。おまえはおまえで心当たりに当たれ。ここから先は、二手に分かれて遠征《えんせい》に相応《ふさわ》しい人材を捜《さが》すぞ」

「二手って……おまえ、この街の土地勘《とちかん》ねぇだろ？」

「心配するな。朝チラシを貼《は》りに行ったときに、街の構造はだいたい把握《はあく》した。いま冒険者の店巡りをしたので、もう迷うことはない」

「ホントかよ……？」

「それに、優秀《ゆうしゅう》な人材を見抜《みぬ》く目は確かだぞ。なにせ、わたしは神だからな」

「……そーッスね……」

いささか不安だったが、あえてそれは口にしない。

「ひとまず、日が落ちる頃《ころ》に〈炎の髭亭〉で合流だ。そこで成果について確認しあうぞ」

「お、おう」

妙《みょう》に自信ありげな女神の様子に若干《じゃっかん》押し切られた感じはあったが、ザウエルはカクカクと頷《うなず》く。

「では、また後でな」

ニヤリと不敵な笑みを浮かべると、女神は食べ終えた串《くし》をザウエルに押しつけ、軽やかなステップで遠ざかってゆく。

「……あいつ、なにか確信があるのか?」

女神が余裕《よゆう》の態度であればあるほど、妙な不安が胸の中に渦巻《うずま》く。

「冒険者以外、ねぇ……」

突拍子《とっぴょうし》もないアイデアに、生粋《きっすい》の冒険者であるザウエルは戸惑《とまど》うばかりだ。

「ひとまず適当に当たってみるか……」

特に妙案《みょうあん》も思いつかず、女神が去ったのとは逆の方向へ歩き出す。

見上げた空は、脳天気な女神と同じように、青く澄《す》み渡《わた》っていた。

3

ザウエルは夕暮《ゆうぐ》れまでフォルトベルクの街をうろついたが、結局成果はゼロだった。

十五歳《さい》で冒険者になった生粋《きっすい》の冒険野郎《ぼうけんやろう》であるザウエルには、冒険者以外のネットワークなど皆無《かいむ》なのだ。少なくともザウエルは、そう思っていた。

「……やっぱ無理だぜ、冒険者以外に冒険させるなんざ……」

結局もう一度街中の冒険者の店を一周し、改めて頭を下げて頼《たの》むぐらいしか思いつかなかったわけだが——打ちひしがれ、憔悴《しょうすい》した表情が結果を物語っていた。

「無駄《むだ》に疲《つか》れたぜ……」

カランカランと扉《とびら》の鐘《かね》が鳴り、ザウエルは〈炎の髭亭〉に入る。

もう日暮れだというのに、相変わらず店内はがらんとしていた。〈栄光の黒馬亭〉に客が集中しすぎているからだ、というのがいつものグルードの言い訳だ。

「ん……？」

だがそんな店内に、二つの人影《ひとかげ》があった。

ひとつは、女神ユリスカロアだ。ザウエルより先に帰っていたらしい。

そしてテーブルを挟《はさ》んだその正面に、もうひとり女性が座っていた。遠巻きに見ても、長い黒髪《くろかみ》には見覚えがあった。

「アリエル先生……？」

「ザウ、帰ってきたか！　どうだ、成果はあったか？」

くたびれた様子のザウエルを見て、ユリスは小さく嘆息《たんそく》する。

「どうやらダメだったようだな」

「面目《めんぼく》ない……」

「だが心配するな。いまひとり、我らに新しい仲間が増えたところだ」

「わ、わたしまだ仲間になるって決めたわけじゃ……」

施療院《せりょういん》のアリエル先生は、泣きそうな顔で両手を振《ふ》った。満面の笑みを浮かべる女神と対照的に、助けを求めるような視線がなんだか不思議に色っぽい。

(うーむ……いつ見てもデカイ……)

アリエル先生は、帯で腰《こし》を絞《しぼ》っただけの、簡素《かんそ》なロングのワンピース姿だった。わりとゆったりした生地使いの服だったが、それでもはっきりと胸のふくらみが見てとれる。

「なにに注目をしておる」

「……はっ⁉ いや、なんでもねぇ！ なんでもねぇぞ！」

ジト目の女神に、ザウエルは慌《あわ》てて首を振る。

「ふふん、まあよい。ここで話すのもなんだ。奥へ参ろうか」

「ええっ⁉」

嗜虐心《しぎゃくしん》溢《あふ》れる笑みを浮かべると、女神はアリエルの手を摑《つか》み、強引《ごういん》に引っ張った。体格ではアリエルのほうが勝っているので、抗《あらが》おうと思えば抗えそうなものだが、オロオロしたまま引きずられていく。

「お、おいおい、どういうことだ？」

カウンター内のグルードを見やっても、肩《かた》をすくめるばかり。

「――さて、ここならよいな」

女神は奥にひとつだけある個室の椅子にアリエルを座らせると、ザウエルも入ってきたのを見届けて、後ろ手に扉《と》を閉じる。

本来個室は、秘密の商談などをするために用意されているもので、実は元懺悔室《ざんげしつ》である。

だがいまや間仕切りなども取られ、どちらかというと取調室みたいになっていた。

「な、なにをするんですかぁ……？」

そんな個室の一番奥の席で、アリエル先生は捕《と》らえられた子鹿《こじか》のようにぷるぷると震《ふる》えていた。潤《うる》んだ瞳《ひとみ》が、助けを求めるようにザウエルを見つめている。

「なぁに、我らの仲間になり、遠征《えんせい》の旅に同行してくれればなにもせん」

「おいおい、まさかアリエル先生を仲間に勧誘《かんゆう》してんのか？」

「そうだ。女神ユリスカロアと共に、世界を救う旅に出るのだ。これほど名誉《めいよ》で崇高《すうこう》な旅はあるまい」

「そ、そんなの無理です〜。施療院の仕事もありますし、冒険なんてしたこともありませんし……」

「そうだぜ、ユリス。いくら人手がないっつったって、いきなりこんなか弱い先生を連れ出すなんざ無理がありすぎるだろ」

「か弱い……？」

思わずかばおうとするザウエルを見て、女神は「ふふん」と不敵な笑みを浮かべる。

「そりゃ、先生なら傷《きず》を治す魔法《まほう》を使えるが、ただそれだけでピグロウ山に挑《いど》むのは無謀《むぼう》すぎるぜ」

冒険で傷ついた体を、ザウエルはいつも魔法で治してもらっている。だがアリエルが扱《あつか》う魔法は、かなり初歩のものだけだった。

「果たして、それはどうかな？」

「は、はうう〜〜」

ねっとりとした視線で見つめられ、アリエルは縮こまって身を震わせる。

「ザウ。この女、おまえが思っている以上に魔術《まじゅつ》の達人だぞ」

「……なに？」

「ほれ」

そう言ってユリスがローブの裾《すそ》から取り出したのは——猫《ねこ》。

「ニコじゃねえか。それがどうかしたのか？」

「ザウ、やはりおぬし、気づいておらんかったようだな」

「は……？」

言うや、女神は猫の脇腹《わきばら》をくすぐり始めた。すると猫が「にゃんにゃん」と身もだえるのと同じく、アリエルまで「あ、やめてくださ、あ、ああ……っ」と妙《みょう》に艶《なま》めかしい声を洩《も》らし出す。

「ここか？　ここがよいのか？」

「あ、ダメです、そこだけは……あぁ……っ」

「……ま、まさか……」

「そう。この黒猫は、この娘《むすめ》の使《つか》い魔《ま》だ」

「な、なんだって……!?」

アリエルが施療院で使っている魔法は、〝操霊魔法《そうれいまほう》〟と呼ばれるものだ。魔法文字を駆使《くし》して魔元素《マナ》に力を与《あた》え、傷を癒《いや》したり肉体を修復したりする魔法系統である。

対して、使い魔を造り出し、使役する魔法は、〝真語魔法《しんご》〟と呼ばれる魔法系統だ。操霊魔法と同じ原理の魔法系統ではあるが、覚えなければならない魔法文字は膨大《ぼうだい》であり、同時に習得するのは極めて困難だった。

「あの、その……べ、別に隠《かく》すつもりはなかったんですぅ……」

「ほっほう。そのわりにはずいぶんと念入りに、使い魔にザウを見張らせていたではないか」

「はう……っ」

女神の指摘《してき》に、アリエルはいよいよ本気で泣きそうだった。

「えーっと……つまり、あれか？　オレはずっと、アリエル先生に監視《かんし》されていた、と？」

黒猫のニコは、ほとんどずっとザウエルの家にいた。ときどき、買い物や食事にもついてきていた。

そして使い魔が見たものは、使い魔を造った術者も遠隔地《えんかくち》から見ることができるのだ。

「なんのために……？」

「は、はうう〜〜」

ザウエルにまで鋭《するど》い視線を向けられ、アリエルはかわいそうなほど震え上がった。だが気づかなかったのがマヌケとはいえ、ずっと私生活を監視されていたのかと思うと気持ちのいいものじゃない。

「オレの呪《のろ》いを監視してたのか？　それとも兄貴の関係か？　オレの冒険の計画を盗《ぬす》み見《み》て、妨害《ぼうがい》工作でもやってたのか……？」

「ち、違《ちが》いますぅ……そんなんじゃ、そんなんじゃないんです……っ」

「その件に関しては、重要な参考資料《しりょう》も入手済《ず》みだぞ」

「ひうっ⁉」

ユリスがさっと懐《ふところ》から取り出した本を見て、アリエルは比喩《ひゆ》抜《ぬ》きで飛び上がった。

「か、返してくださいっ」

「おっと、そうはいかん」

女神は本に向けて両手を伸《の》ばすアリエルを華麗《かれい》に捌《さば》き、ソファに引《ひ》き倒《たお》してその上にどっかと座った。アリエルは片腕《かたうで》を極《き》められており、まるで抵抗《ていこう》できなくなっている。

「い、痛いですぅ……やめてくださいい〜〜」

「……なんなんだ、その本は？」

「では、読んでやろう。〝○月×日、ザウエル様は自宅裏で素振《すぶ》りの後、朝食。昼まで〈炎の髭亭〉で依頼《いらい》を物色し、午後は買い物。どうやら今日は冒険には出ないらしい〟」

「い、いやぁっ！　お願いだからやめてぇぇぇっ」

「〝○月×日、今日はザウエル様の自宅を観察中、不覚にもザウエル様に捕《つか》まる。結果的に、自宅への潜入《せんにゅう》に成功する〟」

「や、やめてください……お願いですぅ……」

「〝○月×日、ザウエル様は、正体に気づいていない様子。窓から中を覗《のぞ》いていると、窓を開けて招《まね》き入れてくれた。相変わらず蔵書の多さに驚《おどろ》く〟」

「……おい」

「〝○月×日、ザウエル様は――〟」

「おい、ユリス！」

「なんだ？　ここからがもっと面白《おもしろ》いところなのだぞ」

「えーっと、それ、日記だよな？」

「そうだな」

「というか、オレ、アリエル先生を部屋に入れたことなんてねーんだが……」

「うむ。恐《おそ》らくこれは、黒猫目線からの観察日記だの」

ユリスが次に開いたページからは、やたらハートマークの多い記述ばかりが並《なら》んでいた。

〝今日は初めて一夜を共にしちゃった。きゃっ♡〟だの〝ザウエル様の優《やさ》しい指使いにうっとり♡〟だの〝今日は二人っきりの休日。一緒《いっしょ》に買い物に行って、食事をして……夜はきっと、激《はげ》しく燃え上がりそう♡　ああん、わたしったら、いつからこんなはしたない子になったの♡〟などといった、事実だか妄想《もうそう》だかわからない記述が満載《まんさい》である。

……幸か不幸か、ザウエルの目には入っていなかったが。

「いつもこんなことばかりしておったのか？」

「し、知りません……っ」

「毎日ザウエルを監視しておったのだろう？　ん？」

「な、なんのことだかわかりません……っ」

「腕《うで》はどれぐらいで折れるのかのー」

「は、はひぃぃっ、い、痛いっ、痛いですぅっ！　そ、そうですっ、その通りですっ。ごめんなさい、腕を捻《ひね》らないで！　痛くしないでくださぁい……っ」

ギリギリと小柄《こがら》な少女に腕を絞《しぼ》られ、アリエルは情けない声で悲鳴を上げた。

「最初に黒猫を見たときから、おかしいと思っておったのだ。まさかこのような若い娘《むすめ》が、使い魔を使って他人の私生活を覗《のぞ》き見していたとはのう！」

「ごめんなさいごめんなさい、許してくださ……ああっ、あ、あああ……っ」

女神の折檻《せっかん》に、アリエルは顔を紅潮《こうちょう》させて呻《うめ》きを漏《も》らした。その姿に、ザウエルは不覚にもゴクリと唾《つば》を飲《の》む。

「どうだ小娘《こむすめ》。仲間になる気になったか？」

「おい」

どうにか我《われ》に返ったザウエルは、思わずツッコミを入れてから、女神の体を摑《つか》んで持ち上げる。

「こらザウ。なにをする。下ろさぬか」

「……いろいろ複雑《ふくざつ》なところではあるが、脅迫《きょうはく》はよせ」

「なにが脅迫なものか。これはまっとうな交渉《こうしょう》だぞ」

「……まっとうな交渉で、相手がこんな状態になるかよ」

見下ろせば、アリエルはソファの上で、まるで乱暴狼藉《ろうぜき》にあったかのようにすんすん泣きながら、うずくまっていた。

この構図は、どう見てもザウエルたちが悪者にしか見えない。

「だいたい、どこでこんな日記手に入れたんだ？」

「もちろんこの娘の部屋から持ってきたに決まっておろう」

「そんなことはわかってるよ。そうじゃなくて、どうやってこの日記を手に入れたのかって聞いてんだ」

「部屋の窓を開けて、そこから中に入ったのだ」

「おい」

「鍵《かぎ》がかかっていたが、ちょろいものだ。窓自体が透明《とうめい》かつ脆《もろ》い素材でできていたのでな。軽く叩《たた》き割ってくれたわ」

「こらぁっ！」

「……なんだ、うるさいのう」

「うるさいのう、じゃないわ！　立派《りっぱ》な犯罪行為《はんざいこうい》じゃねぇか！」

「細かいことでいちいち文句を言うな。おまえだって人の家に勝手に入り込み、タンスや引き出しを物色したことの一度や二度はあるだろう」

「ねぇよ！　なに誰《だれ》もが通過する儀式《ぎしき》みたいな言い方してんだ！」

「まあ、そうやってこの日記を手に入れたわけだが」

「人の話を聞けよ」

「実はさらなる秘密も手に入れておるのだ」

「!?」

女神ユリスカロアは懐《ふところ》に手を入れると、どこから持ってきたのかさらにもう一冊《さつ》の本が出てくる。そっちは鍵付きの日記帳で、赤色の表紙をしていた。

もちろん、鍵は壊《こわ》されていたが。

「そ、そっちはダメですぅっ！」

「ふははは！　泣いてもダメだ！　もはや中身は熟読済《じゅくどくず》みよ！」

「悪魔《あくま》かおのれは」

ザウエルは片手で赤い日記帳を奪《うば》い取る。だがその拍子《ひょうし》に、中身がちらりと見えてしまった。

「あ……っ」

「ん……？　血の味……？」

目に入った単語に、ザウエルは思わず反対の手に持っていた女神を落としてしまう。

「痛……っ、こら、おまえのご神体だぞ。もっと丁寧《ていねい》に扱《あつか》わんか」

「オレの血……？」

思わずザウエルは日記帳を開いていた。そこに書かれていたのは、まったく違う趣旨《しゅし》の日記だった。

「〝○月×日、ザウエル様が無事帰還《きかん》。治療《ちりょう》中、眠《ねむ》りの魔法《まほう》で寝《ね》てもらい、血をいただく。やはり冒険《ぼうけん》直後の血が最高においしい〟」

「や、やめて……」

「〝○月×日、お酒の味が強い。もう少しお酒は控《ひか》えるように言わないと。でもそれでも他の人より断然おいしい〟」

「ご、ごめんなさい、ごめんなさい……」

「〝○月×日、今日は特に深い傷が多かった。けどその分味はとてもよかった……複雑な心境。次はいつ来てくださるかしら〟」

「ほ、本当にごめんなさい、悪気はなかったんです、ごめんなさいですぅ……っ」

「……治療中に、オレの血を吸《す》ってたのか!?」

「もうしませんから、許してくださぁいっ」

「まさか、吸血鬼《ヴァンパイア》!?」

いまさらではあったが、ザウエルは首筋を押さえて身構える。吸血鬼なら、血を吸った相手をより劣悪《れつあく》な吸血鬼に変貌《へんぼう》させる力を持っているからだ。

「ち、違います！」

「だけど――」

「ザウ。その娘《むすめ》は吸血鬼ではない」

「なに……!?」

「――ラミアだ」

「ラミア……!?」

改めて、驚《おどろ》きの眼差《まなざ》しでアリエルを見下ろす。

「……なるほどな。確かに、吸血鬼なわけねぇか。いつも昼間に会ってたもんな」

「は、はい……」

アリエルは神妙《しんみょう》な面持ちで、頭を下げる。

冷静になれば、ザウエルにも理解できることだった。

夜の住人でもある吸血鬼は、日光を浴びると致命的《ちめいてき》なダメージを被《こうむ》る。それにフォルトベルクは強い〝穢《けが》れ〟を持つものを阻害《そがい》する、〝守りの剣《つるぎ》〟の結界で守られていた。吸血鬼が平気な顔で歩ける街ではない。

その点、ラミアの持つ〝穢れ〟は少なく、〝守りの剣〟の影響《えいきょう》もほとんど受けない。そして彼女たちは、人族の血を吸わないと生きていけないため、よくこうやって街中に潜《ひそ》んでいるのだ。

「正体を現してみよ」

「う、うう……」

もはや逃《に》げも隠《かく》れもできないと観念したか、アリエルは女神の言葉に黙《だま》って従った。わずかに精神集中すると、ワンピースのスカートから覗いていた足が、見る見る子供の胴《どう》ほどもある大蛇《だいじゃ》へと変わっていく。

上半身は人族の女、下半身は大蛇——これが、ラミアという蛮族《ばんぞく》の正体だった。

「まさかこんな身近に、蛮族が潜んでたとは……」

「気づかないほうがマヌケだと思うが」

「うるせぇ」

女神のツッコミに、ザウエルは少し赤くなる。

「しかしそう考えると、施療院《せりょういん》の仕事はうってつけかもしれねぇな。この街じゃしょっちゅう怪我人《けがにん》が運び込まれるし、患者《かんじゃ》に麻酔《ますい》をかけとけば血を吸ったってバレやしねぇ」

「こ、殺さないでください……すぐに、街から出ますから、お願いです……っ」

アリエルは両手を握《にぎ》り、頭を下げられるだけ下げて懇願《こんがん》した。そんな彼女を見下ろし、女神は不敵《ふてき》な笑《え》みを浮《う》かべる。

「ふふん、なにを勘違《かんちが》いしておる？　おぬしの正体など、初めて見たときから感づいておったわ」

「そ、そうなんですか……!?」

「その上で、わたしはおまえを仲間に誘《さそ》っておるのだ。この言葉の意味、わかるか？」

「え？　え……？」

アリエルは完全に混乱した表情で顔を上げる。

「おまえがラミアだとか蛮族だとか、そんなことはどうでもよい。いま我《われ》らに必要なのは、強固な絆《きずな》で結ばれた、本当の仲間なのだ」

「仲間……」

「いままで黙っていたが、おぬしには我《わ》が秘密を教えてやろう」

「我が名は女神ユリスカロア。この地上を救済するために降臨《こうりん》した、神の中の神だ」

「おい、ユリス……」

「は、はあ…………っ」

素直に信じたのかなんなのか、アリエルはその場で平伏《へいふく》した。その姿を見下ろし、ユリスは得意げに腕組《うでぐ》みをしている。

「秘密でもなんでもねぇじゃねーか……」

そんなツッコミは、華麗《かれい》にスルー。

「もはやおまえが、吸血への渇望《かつぼう》に苦しむこともない」

「じゃ、じゃあ……」

「まさか……ラミアを人間にできるのか⁉」

思わず驚きの声を洩《も》らすザウエルを振《ふ》り返《かえ》り、女神は怪訝《けげん》そうな顔をする。

「なにを言っておる？」

「だっておまえ、いまもう吸血しなくていいって……」

「誰がそんなことを言った」

「は……？」

「喜べ、アリエルとやら。我らの仲間となれば、好きなだけこの男から吸って構わんからな」

「な……⁉」

「ほ、本当ですかぁ⁉」

まったく正反対の表情で、驚きの声をあげる二人。

「仲間になります！」

そして即答《そくとう》。

「ちょ、ちょっと待てぇ！」

「なんだ、うるさいのう」

「なんだじゃないわ！　そんな話、オレは聞いてないぞ！」

「いいではないか。どうせ血の気は余っておるだろう？」

「ザウエル様の血が毎日吸い放題だなんて……さすがは女神様ですぅ」

「よし。これで仲間をひとりゲットだな」

得意満面の女神、ユリスカロア。

一方のザウエルは、ガックリと肩《かた》を落とす。

先行きは、とにかく不安だった。

4

フォルトベルクの街にも、騎士団《きしだん》がある。

もっとも騎士団と言っても、貴族階級のいわゆる騎士団ではない。

街の自警団が大きくなり、騎士団を名乗っているという存在だ。だから出自もバラバラだし、金持ちもいれば貧乏人《びんぼうにん》もいる。元は騎士神ザイアの神殿《しんでん》が主導で始めたらしく、ほとんどがザイアの信徒であるというのも特徴《とくちょう》だろう。

だけど、一応騎士団を名乗っていることもあって、そこいらの自警団に比べれば遥《はる》かに練度も高く、プライドも高い。

そんなフォルトベルク騎士団の、屋外訓練場。

そこに、ザウエルと女神ユリスはやってきていた。

「見ろ、ザウ。あいつだ」

「ほう……」

訓練場の正面入り口の鉄柵《てっさく》越《ご》しに、二人は中の様子を窺《うかが》っていた。そこでは甲冑《かっちゅう》を着た騎士たちが木剣《ぼっけん》で模擬《もぎ》戦闘《せんとう》訓練をしているのだが、その中にひとり異彩《いさい》を放つ者がいる。

「どうだ、強そうではないか？」

「……確かに」

意見を求める女神に、ザウエルは小さく首肯《しゅこう》する。

訓練は、一対一で対戦する乱取り形式だ。それを三分ごとに相手を変えて次々と対戦するという訓練である。

訓練とはいえ、実戦用の顔まで覆《おお》う兜《かぶと》と、全身を包む甲冑を着込んでいるので、みな本気で木剣を振るっていた。その実力はそこそこ高く、みなおおむね拮抗《きっこう》している。練度の高さが見てとれる訓練だ。

だがその中にあって、ひとりだけ実力がずば抜《ぬ》けている者がいた。一応他の騎士と同じように斬《き》り結んではいるが、明らかに乱取り相手は腰《こし》が引けている。それどころか、見ているうちに一撃《いちげき》を肩口《かたぐち》に食らい、倒《たお》れた。そして、そのまま起き上がってこない。

「おいおい……」

担架《たんか》で運ばれていく騎士を見て、ザウエルは感嘆《かんたん》の声を洩らす。なぜなら、その騎士は明らかに手加減をしていて、それでさえ相手を昏倒《こんとう》させてしまったからだ。

すぐに訓練は再開されるが、その騎士だけは対戦相手がいなくなってぽつねんと立ち尽《つ》くしていた。どうやら、みな尻込《しりご》みしているらしい。

「浮《う》いてるなー……強すぎってのも考え物だな」

「うむ。そこであの騎士を、スカウトしようと思うのだ」

「確かに仲間になってくれりゃあ、守備役《タンク》にはもってこいだが……」

「話によると、元冒険者だそうな。ますます条件に見合うと思わんか？」

「そりゃそうだが……あれ、ザイアの神官戦士だぞ？」

「……それがなにか問題か？」

「いや……」

二人が目をつけた騎士の盾《たて》には、はっきりと騎士神ザイアの紋章《もんしょう》が描《えが》かれていた。よほど敬虔《けいけん》な信者なのだろうと、ザウエルは思う。

（信仰《しんこう》する神以外を手助けしてくれるもんかね……？）

尊大な笑みを浮かべている女神を見下ろし、ちょっと心配になる。

「――やめ！」

そんなとき、騎士団長らしき壮年《そうねん》の男が、訓練の終了《しゅうりょう》を告《つ》げた。騎士たちはそれぞれ木剣を収め、苦しそうに両肩《りょうかた》を上下させていたが、例の騎士だけはまったく呼吸の乱れた様子もない。みな兜の面頬《めんぼお》を上げて大きく息を吸っているのに、それさえしていないぐらいだ。

「やはり、欲《ほ》しいな」

つぶやき、女神はどこか邪悪《じゃあく》な笑みを浮かべる。

「おい、どうするつも――」

バーン！

ザウエルが言い終わる前に、女神は入り口の鉄柵を押し開けていた。当然、その物音に騎士たちの視線が集まる。

「はっはっはっは。見事見事」

妙《みょう》に尊大な態度で、ユリスは手を叩《たた》きながら堂々と訓練場へ入っていく。

「……？　ここは子供の来るところじゃないぞ。出て行きなさい」

当然のように、騎士団長らしい男がそう言い放つが。

「おや、そうなのか？　てっきりここは遊技場かと思っておったのだが」

「……どういう意味かな、お嬢《じょう》さん」

「みな見事なダンスっぷりだったのでな。ザイアの紋章などつけて、次の祭の練習かと思うたのだが違《ちが》うのか？」

「お、おい……っ」

慌《あわ》ててザウエルも止めようと追いかけるが、時すでに遅《おそ》し。

「騎士団の訓練を、ダンスと言ったかね……？」

「ん？　これ、ひょっとして騎士団？」

「な…………っ!?」

小馬鹿《こばか》にしたように指差す女神の態度に、騎士団長の顔色が一瞬《いっしゅん》で紫色《むらさきいろ》になった。当然のように、他の騎士たちの顔にも殺気が満ちる。

「世界の危機《きき》を救う旅に出るのに、有能な騎士をスカウトに参ったのだが……この程度では話にならんな」

「……お嬢さん、ちょっと言葉が過ぎるんじゃないかな？」

「はっはっは。これが騎士団なら、我が使徒ザウエルならばひとりで騎士団以上ということになってしまうわ」

「え…………？」

女神にいきなり親指で指され、ザウエルは硬直《こうちょく》する。

「ほほう……我が騎士団が、たったひとりに劣《おと》ると？」

「違う意味に聞こえたのならば、もう少し子供にもわかる言葉で言ったほうがよいかな？」

「おい、ちょっと待てユリス……っ」

「……よろしい。ならば子供にもわかりやすいよう、その男と勝負してやろうではないか」

「いやあの……」

騎士団長はギロリと、ザウエルを睨《にら》む。いまや殺気のこもった視線は、外見のかわいいユリスから、いかにも戦士なザウエルへと移っていた。

「勝負。よい響《ひび》きではないか。だが我が使徒ザウエルに比肩《ひけん》する者がそのほうらの中におるかどうか……」

一方の女神は、そんなことを言いつつわざとらしく周囲を見回す。

「――では、そこな騎士。相手するがよい」

そしてユリスが指差したのは――例のザイアの騎士だった。

「ほう……ジェラルドを選ぶとは、自信過剰《かじょう》なだけあって少しは見る目があるようだなお嬢さん。だが、後悔《こうかい》することになるぞ」

「ふふん。ダンス部のわりには、ずいぶんと自信があるようではないか」

「ダ、ダンス部……!?　そのダンス部に負けたら、どうするつもりかな……？」

騎士団長の我慢《がまん》の限界も、そろそろ近そうだ。だが青筋の立った憤怒《ふんぬ》の形相《ぎょうそう》を前にしても、ユリスは余裕《よゆう》の笑みを崩《くず》さない。

「ハ。そのようなことはありえぬが……そうさのう。ダンス部の者全員で、わたしを好きにして構わぬぞ」

ざわっ。

ばさりとローブをはだけさせたユリスの姿に、若い騎士団の男連中がざわめく。一見すると子供にしか見えないユリスではあるが、そこはさすがというべきか。的確《てきかく》に男のツボを突《つ》く仕草で、逆に幼《おさな》さの残る外見ゆえの妖艶《ようえん》さとなって見事に男たちを挑発《ちょうはつ》していた。

「――す、好きにしていいって……」

「――それって、なにしてもいいってことか……？」

「――いやいや、相手は子供だぞ……」

「――見た目が子供っぽいだけで、案外歳《とし》はいい頃合《ころあ》いかもしれん……」

「――そうだな、あの色気だしな……」

「――は、鼻血が……たまらん……っ」

「……ダメだこりゃ……」

騎士団員たちの様子に、ザウエルはがっくりと肩を落とす。

「禁欲《きんよく》生活が長すぎるんじゃねぇの……?」

「静まれ! 静まらんか!」

さすがに騎士団長は、大声で団員たちを鎮《しず》める。だが少し、鼻息が荒《あら》い。

「——その代わり、ザウエルが勝った暁《あかつき》には、その者を我が教団の一員とさせてもらおう」

女神ユリスは、そう言ってザイアの騎士ジェラルドを改めて指差す。

「教団……?」

「うむ。女神ユリスカロアを守護《しゅご》する一員となるのだ。負けたとて、光栄に思うがよい」

どこからそんな自信が湧《わ》いてくるのか、女神は堂々と胸を張る。

「ユリスカロア……? さては、あの妙なチラシを貼《は》りまくった犯人は、おまえらか。隕石《いんせき》騒動《そうどう》で大変なときに、剝《は》がす者の身にもなってもらいたいものだ」

「剝がすのはおまえの頭だけにしておけハゲチャビン。さあ、この勝負、受けるのか? それとも逃《に》げるのかな……?」

「く……っ」

どこまでも挑発的な女神の言葉に、騎士団長は完全にペースを奪《うば》われたままだった。そんな彼を押《お》しのけるようにして、全身を甲冑で包んだ騎士——ジェラルドが前に出る。

受けるか、それとも逃げるかと問われ、「逃げる」と答える騎士はいない。

「ジェラルド、やれるか?」

騎士団長の言葉に、甲冑のザイア騎士は頷《うなず》く。

「ふふ。やる気十分のようだな。ザウ、軽く揉《も》んでやれ」

「……こっちはやる気不十分なんだが……」

「いいからやれ！」

「くそっ」

女神に尻《しり》を蹴飛《けと》ばされ、ザウエルはやむなく前に出る。するとそれに合わせて、あっという間に騎士たちが人垣《ひとがき》で壁《かべ》を作った。野外訓練場に、即席《そくせき》の決闘場《けっとうじょう》ができる。

「冗談《じょうだん》じゃないぜ……」

相対《あいたい》する騎士を見て、ザウエルは途方《とほう》に暮《く》れる。

「さあ、木剣を取れ」

そう言って、騎士団長が木剣を差し出す。だがそれを見て、ザウエルは眉根《まゆね》を寄せた。

「すまねぇ……悪いけど、自分の剣《けん》を使っていいか？」

「……なに？」

騎士団長の表情が、ますます険《けわ》しくなる。

「ははは！　さすが我が使徒ザウエル！　木剣のようなお遊戯《ゆうぎ》の道具など使えんと申すか！」

「……どこまでもナメくさる気かこの若造《わかぞう》が！」

「いやあの、オレ魔剣《まけん》に呪《のろ》われてて、他の武器使うと全身に激痛《げきつう》が走るんだが……あ、聞いてないね、どーも……」

怒《いか》り狂《くる》った騎士団長は、ザウエルの話などかけらも聞いていなかった。相手が小娘《こむすめ》ならともかく、男相手では怒りを隠《かく》す気もないらしい。

「片づけろ、ジェラルド！　騎士団の厳《きび》しさを体で教えてやれ！　手足の一、二本は落としても構わんぞ！」

「勘弁《かんべん》してくれよ……」

正直泣きたい気分だったが、もうこうなっては引っ込みがつかない。

一方のザイアの騎士も、手にしていた木剣を同僚《どうりょう》の騎士に手渡《てわた》していた。そして腰《こし》に吊《つる》したままになっていた自分の剣を、ゆっくりと引《ひ》き抜《ぬ》く。

（おいおいおいおい……）

抜き放たれた刀身は、ぼんやりと青い光を放っていた。どうやら、魔法《まほう》の力が付与《ふよ》された剣——魔剣らしい。

改めて相手を観察してみれば、身長はザウエルと同じぐらいだろうか。

全身を覆《おお》う甲冑《かっちゅう》は古代魔法文明時代の魔法の品らしく、ゴツくて堅牢《けんろう》なわりに動きやすそうだ。左手にはザイア神の紋章が刻《きざ》まれた大盾。右手には魔剣。

立《た》ち居振《いふ》る舞《ま》いにも、隙《すき》らしい隙はない。完全に頭部を覆う兜《かぶと》ゆえに表情は読み取れなかったが、その面頬の隙間《すきま》からは、驚《おどろ》くほど鋭《するど》い眼光が覗《のぞ》いていた。

「強そうだな、そなた！　だが我が使徒ザウエルに負けた暁には、わたしの配下となってもらうぞ！」

女神ユリスが、大声で言い放つ。ゴツイ騎士のオッサン連中に取り囲まれていても、まるで動じた様子を見せないあたり、神の神たる所以《ゆえん》か。

だが当然、騎士たちの怒りの視線はザウエルとユリスの双方《そうほう》に突《つ》き刺《さ》さる。

「なにが配下だ！」

「ジェラルドが負けるわけがあるか！」

「叩《たた》きのめせ、ジェラルド！」

「死ぬ寸前までなら殺していいぞ！」

「行け！　ザイアの威《い》光《こう》を見せてやれ！」

「女の子と好きなことハァハァ……」

「……もうやめてくれ……」

冒険者《ぼうけんしゃ》としてだけでなく、このままでは街全体から村八分にされちまう——ザウエルは正直、気が気ではなかった。だが、もう後に引ける状況《じょうきょう》でもない。

「さあ、始めるぞ！　用意はいいか!?」

騎士団長の言葉に、ザイアの騎士は切っ先を立てる。それを受けるように、ザウエルも腰の剣に手を置いた。

「こうなったら、勝つしかねぇな……」

ぺろりと唇《くちびる》を舐《な》め、ザウエルは二本目の鞘《さや》から剣を引き抜く。

瞬間《しゅんかん》、現れた刀身から電光が走った。それと同時に、ザウエルの髪《かみ》が焦《こ》げ茶《ちゃ》から明るい紫《むらさき》へと変化してゆく。

「おお……!?」

その特異な光景に、周囲の騎士からも驚きの声が洩《も》れる。

ザウエルが抜き放ったのは、片刃《かたば》の長剣《ちょうけん》だった。細身の刀身からは紫色の電光が絶えずほとばしり、持ち手の右腕《みぎうで》もまた明滅《めいめつ》する輝《かがや》きに包まれている。

「……それが呪《のろ》いの剣か」

初めて、ザイアの騎士が口を開いた。落ち着いた、意外なほど穏《おだ》やかな声だ。

「魔剣〝地獄の稲妻《ライトニングヘル》〟だ。あいにくと、仲間がいるときには使えない魔剣でね……こういう一対一か一対多のときにしか役に立たねぇんだが、その分強いぜ」

「興味深いな」

そう告げるとき、騎士が笑ったように思えた。どこか、声が弾《はず》んでいる。

(こいつも結構、まともじゃねぇのかもな……)

ますます油断できない——戦士の勘《かん》が、そう告げていた。

「始めェ！」

そんなザウエルの気持ちなどお構いなしに、騎士団長が号令をかける。

（先手必勝！）

ザウエルにとってほとんど不意打ちとも言えるような号令ではあったが、普段暗闇《ふだんくらやみ》から突《とつ》然襲《ぜんおそ》ってくる怪物《かいぶつ》と戦っている冒険者だ。その程度では動じない。それどころか、騎士より早く地面を蹴《け》る。

（いける……っ）

先手を取ったのは、やはりザウエルだった。瞬時《しゅんじ》に間合いを詰《つ》め、容赦《ようしゃ》なく斬撃《ざんげき》を放つ。

ガッ！

大上段からの一撃《いちげき》は、大きな盾《たて》に阻《はば》まれた。だがそれは計算の内だ。ザウエルはすぐに刃《やいば》を反転させ、盾とは反対のほうへと斬《き》り込む。

ギィン！

今度は剣で受けられた。電光石火の二連撃だったが、騎士はそれを完全に捌《さば》ききったかに見える。

しかし。

「まだまだ行くぜ！」

バチバチっと刀身の電光が爆《は》ぜた。直後、ザウエルの体が反転し、横薙《よこな》ぎの斬撃が走る。

これには騎士も驚かされたのだろう。もはや防御《ぼうぎょ》は間に合わなかった。先の斬撃のために剣は振《ふ》り上げられており、その隙《すき》を突《つ》いて胴《どう》を打つ。

ギャリンッと鎧《よろい》が不吉《ふきつ》な音を立てる。だが金属製の甲冑《かっちゅう》だけに、一撃で両断されたりはしなかった。

「!?」

「もういっちょ！」

予想外の連撃によろけた騎士へ、ザウエルは大上段からさらに一撃を振り下ろす。

「く……っ」

紫電《しでん》を帯びた斬撃は、過《あやま》たず騎士の肩《かた》へと叩《たた》き込まれた。分厚い肩当《あ》てが凄《すさ》まじい音を立てるが、もし命中したのが頭部ならば、兜《かぶと》ごと割られていたかもしれない。

「馬鹿《ばか》な……!?」

騎士団長も、驚きのあまり呻《うめ》きにも似た声を洩《も》らしていた。それは他の団員も同様だ。

だがただひとり、動揺《どうよう》していない騎士がいた。

もちろんそれは、対戦相手であるザイアの騎士——ジェラルド。

「強い、な」

「こいつは近くの相手に、見境なく連撃を繰《く》り出《だ》す魔力《まりょく》……つーか、呪《のろ》いが込められてる。仲間がいたんじゃ使えねぇが、一対一じゃ最強かもよ？」

これで戦意をなくしてくれれば――ザウエルはそう思い、一旦《いったん》攻め手を休めた。だが、返ってきたのは獰猛《どうもう》な気配のこもった笑みだ。

「確かに強い……だが、威力《いりょく》が足りん」

「……なんだと？」

「ふん！」

ジェラルドは大きく息を吸い込むと、独特のリズムでそれを吐《は》き出した。するとギシリ、と音を立てて鎧が膨張《ぼうちょう》する。

「練技《れんぎ》……⁉」

「もはやおまえの斬撃は私には効かん」

「マジか……⁉」

練技とは、大気中に含《ふく》まれる魔元素《マナ》を呼吸法により吸い込み、体内へ循環《じゅんかん》させて身体《しんたい》を強化する技法だ。この力を自在に扱《あつか》えれば、皮膚《ひふ》は鋼のように硬《かた》くなり、力は熊《くま》のようにたくましくなる。

「軽い斬撃をいくら食らおうと、我が肉体はびくともせん！」

「うお……っ」

すぐさま、ジェラルドが踏《ふ》み込んできた。とても重甲冑をまとっているとは思えないほどの速度。振るわれた切っ先もまた、確実にザウエルの首を狙《ねら》っていた。

「ザイアよ、その御手《みて》を拳《こぶし》とし、敵《てき》を打《う》ち倒《たお》したまえ！」

素早くザイアへの祈《いの》りを叫《さけ》び、盾を持つ手を突《つ》き出した。その瞬間、凄《すさ》まじい衝撃波《しょうげきは》がザウエルの全身を叩きのめす。

「ぐお……ッ」

「ザウ!?」

女神の悲鳴。

あまりの衝撃にザウエルも体ごと意識を持って行かれるかと思った。だが単独冒険《ソロ》で鍛《きた》えた体はどうにかその衝撃に耐《た》えきってみせる。

「こいつはキツイが……こっちだって、負けるわけにはいかねぇんだよ！」

瞬時に反撃《はんげき》へ転じ、ザウエルは目にも止まらない連続斬撃を繰り出す。だが騎士もわずかな時間に感覚を摑《つか》んだのか、怯《ひる》むことなくそれらの一撃《いちげき》一撃を盾で弾《はじ》き、剣で受け、鎧で食い止めた。ザウエルの手には重い手応えが残るものの、相手にまともなダメージを与《あた》えたようには思えない。

「硬《かて》えな……ッ」

甲冑の頑丈《がんじょう》さに加え、一番強固な部分で斬撃を受ける絶妙《ぜつみょう》な体術、そして練技と神聖魔法による防御力《ぼうぎょりょく》の向上が、ことごとくザウエルの攻撃《こうげき》を封《ふう》じていた。圧倒的《あっとうてき》な手数で攻《せ》めてみても、それが通用しないのでは意味がない。

「それで本気か……？」

騎士は斬撃の合間に、挑発《ちょうはつ》的な言葉を吐《は》いた。ザウエルは対照的にジェラルドの斬撃のことごとくをよけていたが、要所要所で放ってくる〝神の拳《ゴッド・フィスト》〟は食らわずにはいられない。その分、ダメージが蓄積《ちくせき》している。

「くそ……っ、人族相手に使いたくはなかったんだがな……」

ザウエルは相手に剣《けん》を叩《たた》きつけるようにした反動で間合いを取り、一拍《いっぱく》の呼吸を置く。

「ザウ！　しっかりせんか！　負けたら承知せんぞ！」

思いがけず必死さの滲《にじ》んだ声援《せいえん》が背後から届き、ザウエルは小さく苦笑《くしょう》を浮《う》かべる。

「まあ、あいつをケダモノの中に放り出すわけにもいかんしね……」

ちらりと周囲を見回せば、人垣《ひとがき》を形成する騎士たちは妙《みょう》な雰囲気《ふんいき》で盛《も》り上がっていた。みな妄想《もうそう》が膨《ふく》らんでいるのか、やたら鼻息が荒《あら》い。

（こんな連中で、この街の治安は大丈夫《だいじょうぶ》なのかよ……）

などと疑問に思いつつ。

「やるしかねぇか」

ザウエルもまた大きく息を吐き、それ以上に吸い込む。

直後、鍛えあげられた肉体が、さらに大きく肥大した。両腕《りょううで》は熊のごとく力強く、両脚《りょうあし》はカモシカのごとくしなやかに。そしてその瞳《ひとみ》は、獲物《えもの》を狙《ねら》う獣《けもの》のように鋭《するど》さを増す。

「……おまえも、練技を使うのか」

「戦士のたしなみだよ」

受けの構えを見せるジェラルドに対し、ザウエルは手にした剣を鞘へと戻《もど》す。

「……？」

「覚悟《かくご》しとけよ。うっかり死んだら、文句はうちの女神様に言ってくれ」

言うや、ザウエルは腰にあるポーチのようなものに手を伸《の》ばした。そこから滑《なめ》らかな手つきで、一枚の札を引《ひ》き抜く。

「賦術《ふじゅつ》⁉　錬金術師《アルケミスト》か⁉」

「これも戦士のたしなみだよ！」

様々な素材から、第一原質《プリマ・マテリア》を抽出《ちゅうしゅつ》して凝縮《ぎょうしゅく》したカード。それを触媒《しょくばい》として驚くべき効果を発揮するのが、賦術だ。

「第一原質《プリマ・マテリア》・金色《こんじき》解放！　我が刃《やいば》に宿れ、〝必殺の光条《クリティカルレイ》〟！」

即座《そくざ》にザウエルは札を放ち、細かな粒子《りゅうし》となって砕《くだ》けた第一原質を指先で円を描《えが》くようにして収束させる。そしてそれを、まだ鞘に収まったままの一番上の魔剣《まけん》へと流し込んだ。

「——行くぜ」

ザウエルは地面を蹴り、一気に間合いを詰めた。それと同時に、魔剣を引き抜く。

「!?」

それは、見るからに異質な剣だった。

鞘から抜き放《はな》たれた瞬間、真紅《しんく》の炎《ほのお》がほとばしる。いや、刀身そのものが炎なのだ。

しかも、刀身の中心に近い部分ほど、白く輝《かがや》いている。それは炎の刃が、とんでもない高温を発している証左《しょうさ》だった。

触《ふ》れれば燃える――いや、焼き切られる。凄まじい破壊力《はかいりょく》が秘められていることは、素人目にも明らかだ。

さらにその刀身が、金色の輝きに包まれているのだ。もはや人を斬るために使ってよい武器とは、到底《とうてい》思えないほどの威圧感《いあつかん》。

「魔剣、〝猛炎の王《インフェルノロード》〟……うまくよけねぇと、焼け死ぬぜ」

獰猛《どうもう》に口許《くちもと》を吊《つ》り上げるザウエルの髪もまた、燃え盛《さか》る炎のように赤く染まっている。

「りゃあああああッ‼」

そして裂帛《れっぱく》の気合いと共に、ザウエルは踏み込んでいた。必殺必滅の剣を、神速と呼ぶに相応《ふさわ》しい速度で振り下ろす。

「ぬうう……っ」

だがその斬撃にも、ジェラルドは反応していた。だが元来攻撃をかわすことより、的確に鎧や盾で受け止める戦い方を得意としているだけに、いまさら完全によけることなどできはしない。だから、衝撃と苦痛に耐《た》えるために全身に力を込める。

ズガ――――ッ!!

ザウエルの灼熱《しゃくねっ》の剣がザイアの紋章《もんしょう》を施《ほどこ》した盾を打ち、それでも止まらず鎧の肩口《かたぐち》を打った。

猛烈《もうれつ》な痛打により、さしもの騎士《きし》も吹き飛《ふと》ばされる。重厚な甲冑《かっちゅう》をまとった体が地面をバウンドし、転がり、凄まじい音を立てた。

「やった!」

ユリスが歓喜《かんき》の声を上げ、飛び上がった。騎士たちからは、悲鳴のような声が洩《も》れる。

「勝った! 勝ったぞ! さすがザウ! 我が使徒――」

「――いや、まだだ」

「な、なぬ……!?」

駆《か》け寄《よ》ろうとする女神を、ザウエルは左手で制する。

すると驚《おどろ》いたことに、吹き飛んだザイアの騎士が、転がった勢いのままに身を起こしていた。闘志《とうし》を示すかのように、盾を前に剣を構えてみせる。

「な、なんと……!?」

「さすが女神様の目に留まっただけのことはある。頑丈《がんじょう》だぜ……」

常人ならば立てないだけのダメージを与えた手応えはあった。だがそれでも起き上がって

くる不屈《ふくつ》の精神力に、ザウエルも舌を巻く。

「ええい、ザウ！　とどめだ！」

エキサイトした女神が大声で叫ぶが、ザウエルは即座に動かない。

いや、動けなかった。

「ぐ……っ」

「ザウ⁉」

バ……ッと、ザウエルの全身から鮮血《せんけつ》がしぶいた。それはまるで、全身を切り刻《きざ》んだかのような激しい出血。

「い、いつの間にやられた⁉」

「いや……こいつは敵の反撃でやられたもんじゃねぇ。この魔剣を使った代償《だいしょう》だ」

「代償……それが、その魔剣の呪《のろ》いか……！」

敵に大ダメージを与えると同時に、自分自身も全身から血を噴《ふ》き出すという呪いの魔剣。

まさに、文字通りの諸刃《もろは》の剣《つるぎ》なのだ。

「……正直、こいつを使って耐えられると、もう手がねぇんだよな」

ザウエルは言いつつも、構えは崩《くず》さない。

「引き分け……ってことにしてくれると嬉《うれ》しいんだが……」

「なにが引き分けだ！」

「ジェラルド、やってしまえ！」

「チャンスだ、とどめを刺《さ》せ！」

「五体満足で帰すな！」

「お、女の子……ペロペロハァハァ」

「……ですよねー……」

周りの騎士たちの反応に、ザウエルは軽く嘆息《たんそく》する。

だが戦った当人であるザイアの騎士は、予想外の行動を取っていた。

なんと、剣を鞘《さや》に収めたのだ。

「？　引き分けでいいってこと……？」

「……ここまでにしておこう」

「な⁉　どういうことだジェラルド⁉」

騎士団長が驚きの声をあげるが、驚いたのはザウエルも同じだ。

「我が神ザイアは、無敵……そのことを証明できれば、十分でしょう。団長」

「あ、ああ……」

「ザウエルとか言ったな。おまえ、その剣をあと数回は振《ふ》るえるな？」

「まあ、一応……」

「やはり……な」

そう言って、ジェラルドは神への祈《いの》りを捧《ささ》げる。それは癒《いや》しの魔法《まほう》を祈願《きがん》するものだったが、ザウエルはそれを阻害《そがい》しようとはしなかった。逆に、燃え盛る刀身をゆっくりと鞘に戻す。

「世界を救う——というのは、最近頻発《ひんぱつ》している隕石《いんせき》落下事件と関係があるのか?」

「まあ、そうらしいぜ」

「そうか……」

騎士は頷《うなず》き、振《ふ》り返《かえ》る。

「団長。申しわけありませんが、しばらく騎士団を休ませてもらいます。ちょっと、世界を救う旅とやらを手伝ってやろうと思いますので」

「ジェラルド!?」

「はっはっは! つまり負けを認め——むぐ!?」

勝《か》ち誇《ほこ》ろうとする女神の口を、ザウエルは慌《あわ》てて押さえ込む。

「このバカ女神! これ以上ややこしくすんな! 今度こそ無事に帰れねぇぞ!」

耳許で文句を言うザウエルに対し、ザイアの騎士がゆっくりとした足取りで近づいてくる。

「——世界を救う旅などというものがあるのならば、弱き者の守護神《しゅごしん》ザイアの使徒が立ち上がらないわけにもいかぬ。義俠心《ぎきょうしん》により、こちらから同行を願おう」

そう言って、ザイアの騎士は鎧《よろい》の襟元《えりもと》を指でなぞる。すると、魔法の鎧は一瞬《いっしゅん》にしてバラバラに展開し、プラチナの髪《かみ》が大きく広がった。

その光景は、まさに幻想《げんそう》。

なぜなら鎧の下から現れたのは、透《す》き通《とお》るような純白の肌《はだ》とアイスブルーの瞳《ひとみ》。プラチナの髪は清流のように美しく、そこから突《つ》き出ている尖《とが》った耳も優美だった。

「おまえ、エルフ……!?　しかも女かよ!?」

驚いたことに、甲冑《かっちゅう》の下から現れたのは、輝《かがや》くばかりの美貌《びぼう》を備《そな》えた、まるで氷の彫刻《ちょうこく》のごときエルフだった。

「エルフってのは、もっとこう華奢《きゃしゃ》なイメージだったんだが……」

エルフと言えば、水辺《みずべ》に暮《く》らす魔法に堪能《たんのう》な長命種だ。ザウエルは改めて、相手を頭のてっぺんからつま先まで観察する……が、若干背が高いぐらいで、すらりとした体格はエルフ特有のものだ。

「この細腕《ほそうで》で、あれだけの動きを……？」

見た目は十分華奢なのに、いまでも大盾《おおたて》は軽々と手にしたままだ。そもそも甲冑も、全身を鎧《よろ》うものから要所要所を守るものにスケールダウンしただけで、まだしっかりとその体を覆《おお》っている。

「この二百年で、私に膝《ひざ》を突《つ》かせたのは兄以外でおまえが初めてだ。ザウエル・イェーガー」

クールな表情なのに、その視線は妙《みょう》に熱い。負《ま》けず嫌《ぎら》いゆえの熱視線なのかとザウエルは思ったが、それほど単純なものでもなかった。

「ザイアよ、この者を癒《いや》したまえ……」

祈《いの》りの声と共に、ザウエルの体を光が包む。すると噴《ふ》き出していた血は止まり、見る見る傷《きず》が癒《い》えてゆく。それと共に、活力もほとんど戻っている。

「おまえの身は私が守り、おまえの傷は私が癒そう」

「え……？」

「我が名はジャリルデン・エラー。この地方では発音しにくいゆえか、ジェラルドやジェラルディンと呼ばれることもあるがな。好きに呼んでくれ」

「お、おう……」

熱い視線で見つめられ、ザウエルはコクコクと頷《うなず》いた。一方、口と鼻を同時に押さえられていた女神は、全力でザウエルの股間《こかん》を蹴飛《けと》ばしてその手から脱出《だっしゅつ》する。

「おぐ……テ、テメェまた……っ」

「ぷはーっ、はあっ、ザウ、殺す気か」

「い、いや、あのな……」

女神って窒息《ちっそく》して死ぬんだろうか――うずくまりつつそんなことを考える。

「いいだろう、ジェラルディンとやら。そなたを我《わ》が遠征《えんせい》の、旅の仲間として迎《むか》えよう」

女神はあくまで尊大な態度を崩さず、不敵《ふてき》な笑《え》みを浮《う》かべる。

そんな彼女に、ザイアの騎士ジェラルディンは妙《みょう》な目つきで近づいてきた。

「な、なんだ……？　なにか文句でもあるのか？」

「文句などあるはずがありません、女神様」

「な、なぬ？」

ジェラルディンの表情は、変わらず氷の彫刻のようだ。しかし少しだけ頬《ほお》が上気し、鼻息も荒《あら》い。

「素晴《すば》らしい」

言うや、いきなり両手で女神を抱《だ》き上げていた。

「な、ななな、なにをする!?」

「うむ。かわいい。とてもかわいい」

「ひ、ひぃぃっ!?　ザウ、助けろ！　た、助けてぇぇっ」

突然万力《とつぜんまんりき》のような力で捕《つか》まえられ、猛烈《もうれつ》な頬《ほお》ずりをされ始めた女神は、らしくもなく悲鳴をあげる。見ている騎士たちは、みな茫然《ぼうぜん》となっていた。

「ま、いっか……」

茫然とするのはザウエルも同じだったが、ひとまず訓練場から殺気は消え去っている。

いまは五体満足で帰れるだけでも満足しないとな──内心そう思い、ほっと胸を撫《な》で下《お》ろすのだった。

5

その日、ザウエルが〈炎の髭亭《ほのおのひげてい》〉に戻《もど》ってきたのは日暮《ひぐ》れ時だった。ユリスとは、訓練所を出てすぐに別れていた。二人目の仲間の当てができたことで、いよいよ冒険《ぼうけん》に出発するための準備をするべく、買い出しに行っていたからだ。

「……結構出費したなぁ」

背中の鞄《かばん》の重みと、腰《こし》のカードホルダーの枚数を確認し、少し嘆息《たんそく》する。手持ちの金はほとんど使い切り、あとは家に置いてあるわずかな蓄《たくわ》えだけだ。

隕石の落下も、いまだ続いていた。幸い街を直撃《ちょくげき》したものはなかったが、不安は街全体にじわりと広がっている。

「やれやれ、今日も一日くたびれたぜ……」

疲《つか》れた体を休めようと、ザウエルは入り口の扉《とびら》をくぐる。

その瞬間《しゅんかん》、パンパンッと軽い爆発音《ばくはつおん》が響《ひび》いた。ザウエルは思わず腰を落とし、身構える。

だがすぐに、呆《あき》れたように目を丸くした。

「待ちくたびれたぞ、ザウ！　それではパーティを始めようかの！」

「な、なんだこりゃ……？」

〈炎の髭亭〉は、ファンシーな小物や魔法の間接照明などで、やたら派手派手《はで》しく装飾《そうしょく》されていた。女神ユリスカロアらしきディフォルメされたキャラクターが店内を飛び交い、花火のようなものがあちこちで弾《はじ》けている。さらに女神が手にしているのは、マギテック協会の売店で売っているマナクラッカーだ。

「なかなかの趣向《しゅこう》であろう？　アリエルの魔術《まじゅつ》で、殺風景な店内を明るく装飾してやったのだ。あやつ、なかなかの腕前《うでまえ》だのう」

「これ、〝幻影《イリュージョン》〟の魔法で作ったのか……」

〝幻影〟は、結構高度な操霊魔法《そうれいまほう》だ。店内全体をテーマパーク化させるほどのセンスと魔術の腕前は賞賛に値するが——正直、才能の無駄遣《むだづか》いである。

「それにしても……」

だがなにより驚《おどろ》かされたのは、女神ユリスの格好だった。

「おまえ、なんだその格好……？」

「なんだとは失礼な口ぶりだな。いろいろ調べたが、最近の若い男はこういうのが好きなのだろう？」

そう言って腰に手を当てた女神は、白と黒のゴシックな家政婦ルックだった。

有り体に言うと、メイドである。

「最近の若い男が好きって……そうなのか？」

「今日はこれまでのおまえの労をねぎらうために、ささやかな酒宴《しゅえん》を用意してやったのだ。

もっと喜ばぬか」

「お、おう……」

あまりに予想外な出来事ゆえに、喜ぶ以前に戸惑《とまど》いのほうが大きいザウエルである。

(しかし、まあ……)

どこで手に入れてきたのか、メイド服もまた予想外に女神に似合《にあ》っていた。元が美少女なこともちろんあるが、背が低くて衣装《いしょう》が少し寸詰《すんづ》まり気味なのも、フリルを多用していることもあって、かわいらしさを増強している。

「あ、ザウエルさん、お帰りなさい……」

「アリエル先生……? ブホッ!?」

続いて恥《は》ずかしそうに奥から料理を載《の》せた皿《さら》を運んできた女の子を見て、ザウエルは思いっきり噴《ふ》き出した後に咳《せ》き込む。

なぜなら、確かに出てきたのはアリエルだったが、その格好はやたら胸を協調したウェイトレス姿だったからだ。

(しかも、スカート短えし……)

思わずごくりと、唾《つば》を飲み込むザウエルである。胸といい足といい、もはや直視できる場所がない。

「ああ、女神様………」

「そうあろうそうあろう。もっと崇《あが》め奉《たてまつ》るがよい」

　などと若干発言の意図との食い違《ちが》いはあったりもするが。

「しかし似合うのう、娘《むすめ》」

「あ、ありがとうございます……でも、は、恥《は》ずかしいですぅ……っ」

　まるで下品なオッサンのように絡《から》む女神に対し、アリエルは本当に恥ずかしそうに両腕《りょううで》で胸を隠《かく》そうとし、トレイでスカートを押さえる。

（だが、それがいい……）

　今日ばかりは女神に乾杯《かんぱい》――ザウエルは思わず心の中で感涙《かんるい》にむせぶ。

「どうだ、気に入ったか。ザウの部屋にあった古い図鑑《ずかん》を参考に、アリエルの魔法で再現した逸品《いっぴん》だ。しかと堪能《たんのう》するがいい」

「な、なんだと⁉　あ、あれは魔動機文明の遺跡《いせき》から持ち帰った、秘蔵のコレクションなのに……隠《かく》し本棚《ほんだな》を開けたのか⁉」

「なに、少々衣装系の書物を参考にしただけだ。全部は見ておらん」

「な、ならよかったが……」

　なかには婦女子に見せられないようなドギツイ発掘《はっくつ》本もあったりする。男には、女には見られたくない本棚もあるのだ。

「――なにがよかったのだ？」

「な……え？　はぁっ⁉」

さらに厨房《ちゅうぼう》から酒樽《さかだる》を運んでくる女性を見て、ザウエルは三度目《みたび》を丸くする。

なぜならそれは、鎧を水着状の極限サイズまで縮小変形させた、ジェラルディンだったからだ。

「あ、あ、あんたここでなにしてんだ⁉」

「パーティ結成の親睦会《しんぼくかい》をすると聞いたのでな。当然のように参加しているだけだが？」

ジェラルディンは軽々と持ってきた酒樽を床《ゆか》に置き、その上に片手をついてポーズを決める。スレンダーな体には無駄《むだ》な肉は一切なく、それでいて胸の谷間はしっかりと強調されていて視線が吸い込まれそうだ。よく鍛《きた》えられた筋肉のせいで、エルフなのに脆弱《ぜいじゃく》なイメージは皆無《かいむ》。むしろ健康的な色気にまで発展している。

「それならなんだよ、その格好は⁉」

「せっかくだから仮装《かそう》しようという話になってな。ならばとエルフの伝統的な水着をモチーフに鎧を変形させてみたのだ。どうだ、似合っているか？」

「そりゃ、似合ってるが……」

酒場はすでに、異様な空間と化していた。

メイドとウェイトレスと水着の美少女&美女。踊《おど》り飛び交うイリュージョン。むしろドワーフの店主であるグルードのほうが、違和感《いわかん》を覚えるほどだ。

「よくこんなわけわからん状況《じょうきょう》に付き合ってくれてるな」

「ふふ……案外これはこれで楽しいぞ」

そう言って、ジェラルディンは微笑《びしょう》を浮かべる。すでに少し、酒が入っているらしい。

「それに、おまえを守ると誓《ちか》った以上、少々のことは問題にならんよ」

「あ、ありがとう……」

エルフの美女は指先でザウエルの胸をつつき、妙に熱っぽい視線で見つめてくる。酒の勢いかもしれないが、ひどく情熱的で色っぽく見えた。だがすぐに、パンパンッというマナクラッカーの音に現実に戻される。

「ついに旅の仲間も揃《そろ》い、実にめでたい！　さあ、今日は貸し切りだ。存分に飲むとよいぞ！」

「わぁーい」

女神の宣言《せんげん》に、そこはかとなく弱々しくアリエル先生が手を叩《たた》く。

「いつだって貸し切りみたいなもんだが……」

「悪かったな」

思わずつぶやくザウエルに、グルードがジョッキを差し出す。

「では、我《われ》らが遠征《えんせい》の成功を祈《いの》って、乾杯《かんぱい》！」

「かんぱーい」

これまた女神の強引《ごういん》な乾杯の音頭で、それぞれがバラバラに杯《さかずき》を掲《かか》げる。そんなのでも嬉《うれ》しいのか楽しいのか、ユリスは極めて上機嫌《じょうきげん》だった。

「そうだ、ジェラルディンとやら。そなたこれを機会に、我《わ》がユリスカロアに改宗せよ。いまなら手厚く遇《ぐう》するぞ」

「私がザイアを捨てて……？」

「うむ。そなた、わたしのことを崇《あが》めておったであろう」

「もちろん……私は女神様のことを大変敬愛しておりますが」

「が……？」

「神としては、我が神ザイアには遠く及《およ》びませんので、お断《ことわ》りさせていただきます」

「な、なぬッ⁉」

極めてストレートな拒絶《きょぜつ》に、ユリスは目を丸くする。

「わ、わわ、わたしは古代神《エンシェント・ゴッド》、ザイアの小僧《こぞう》めは大神《メジャー・ゴッド》ぞ⁉　神としての格が違うぞ格が！　それを遠く及ばないとは――」

「申しわけありませんが、女神様。私が本日まで存じ上げない程度には、女神様はマイナーでいらっしゃるので」

「う、ううーっ」

ラクシア世界において、神の力は信者の数と認知度で大勢が決まる。これには、返す言葉もないだろう。

「ザ、ザウエル、なんとか言ってやれ！」

「オレに頼《たよ》るなよ……」

涙目《なみだめ》になって側《そば》に駆《か》け寄《よ》る女神を見て、ザウエルは頭を掻《か》く。

「そうだなぁ……じゃあよ、ジェラルディンはなんで女神の旅に同行することにしたんだ？　説明は聞いたと思うが、今回の遠征《えんせい》は完全にユリスカロア神の尻《しり》ぬぐいだぜ？」

「尻ぬぐい言うな！」

「フフ……理由など簡単《かんたん》かつ明白だ。ザイアは弱き者の盾《たて》となることこそ使命。このようにか弱き女神を守護《しゅご》するなど、これに勝る大義《たいぎ》があろうか。ましてや、相手が美少女ともなればなおさら！」

言うや、ジェラルディンはエルフらしからぬ怪力《かいりき》で軽々と女神を抱《かか》え上げた。そのまま頭が禿《は》げそうな勢いで頭頂部を撫《な》でくりし始める。

「や、やめんか！　わたしはか弱くなどないわ！　ええい、放せというに、は、は、放せ、放して……ザウエル～～っ」

「……放してやってくれ」

「残念」

意外に、ザウエルの言葉には素直に従うジェラルディンである。

「ええい、この遠征完遂《かんすい》の暁《あかつき》には、本来の古代神としての力を取《と》り戻《もど》して、ありとあらゆる神を平服させてみせるわ！　そのときになって〝あのとき改宗しておけばよかった〟と泣きついても知らんからな！」

「ああ、かわいい……」

「うわーんっ」

負《ま》け惜《お》しみを言う女神を見下ろすエルフの瞳《ひとみ》は、どこか陶然《とうぜん》としていた。その視線に負けて、女神は逃《に》げ出す。

「アリエル、注げ！　ええいくそっ、今日はとことん呑むぞ！」

「あ、は、はぁい、ただいま」

「……ほどほどにしとけよー……」

横柄《おうへい》なメイドにフリフリのウェイトレスが飲み物を注ぐというカオスな光景に、ザウエルもちょっとクラクラする。

「アリエル、余興に踊ってみせよ！」

「え、ええ～、そんなのできませんよぉ～」

「なんだと！　ならば裸踊《はだかおど》りがよいのか⁉」

「ひぃ～んっ、やめてください～っ」

「おっさんか。ユリス、おまえいい加減にしとけよ……」

と言いつつ、女神に脱《ぬ》がされそうになっているアリエルの胸許《むなもと》からは目が離《はな》せなかったりするのだが。

「ああ……美少女が二人戯《たわむ》れる姿……見とれる理由もわかるぞ、ザウエル」

「え？　いやオレは……」

「私が神になった暁には、ああいう子ばかり集めて神の軍団を作ろう……」

「ジェラルディン、あんた神になりたいのか……？」

「うむ。ちょっとザイア様に認められたからといって、小神になった小娘《こむすめ》ごときにたぶらかされた兄を見返すためにな」

「……そういや、兄さんがいるとか言ってたな」

「ああ、いるぞ。すごい兄がな！　ザウエル、おまえも少し兄に似ている」

「俺が……？」

「ああ。特に苦労性なところと幼女《ようじょ》好きなところがな」

「幼女が好きなわけじゃねぇ！」

「フフフ……そう！　そしていずれ、私は神となり、ザイア様を捨てて小神に走った兄を見返してやるのだ！　ははははは！　妹より優《すぐ》れた神などおらぬ！　ザイア様バンザーイ!!」

「大丈夫《だいじょうぶ》か、おい……」

顔にあまり出てなかったので気づかなかったが、どうやらかなり酔《よ》っぱらっていたらしい。

ジェラルディンはわけのわからないことを叫《さけ》びながら、女神やアリエルと踊り始める。

思わず茫然《ぼうぜん》となるザウエルだったが、グルードがそんな彼のジョッキに酒を注ぎ足してくれた。

「まあ、呑め。こうやって仲間と呑むなんてことは、これまでなかったことだからな」

「……そういやそうだな」

グルードに杯を突《つ》き出《だ》され、ザウエルは自分のジョッキをゴツンとぶつける。

「仲間、か……」

長らくその存在さえ忘れていた言葉。

ひと息に呑み干した酒は、これまでの人生で一番うまい酒だったかもしれなかった。

結局宴会《えんかい》は深夜にまで及び、ユリスが酔い潰《つぶ》れることで幕引《まくひ》きとなった。

「よっこらしょ……っと」

女神を背負って自室に戻ったザウエルは、小柄《こがら》なその体をベッドの上に優しく下ろした。

それでもなお、ユリスは満面の笑みを浮かべたままだ。

「よほど楽しかったんだな……」

年の離れた妹でも見るような面持ちで、ザウエルはシーツをかけてやる。

「まあ、オレも……楽しかったしな」

飲み、食い、歌い、踊る、とにかくメチャクチャな酒宴《しゅえん》だったが、開き直ってしまえば心底楽しい宴会だった。

「アリエル先生に血を吸われたのだけは、いただけねぇが……」

ぼやき、首筋を押さえる。そこには立派《りっぱ》な歯形が残っていた。当のアリエルは、ジェラルディンが丸太を引きずるようにして連れて帰っている。たぶん、あのタフなエルフも酔っぱらっていたのだろう。

「あーあ……こんなに散らかしやがって……」

衣装デザインの本を探したせいだろうか、ザウエルの部屋のあちこちに本が散乱し、まるで泥棒《どろぼう》が入った後のようだ。

「本当に戦《いくさ》の女神なのかよ」

思わず苦笑してしまう。

「……ルカス……」

「ん……？」

そんなとき。

唐突《とうとつ》に兄の名を呼んだのは――女神。

「やめろ……おまえがいなくなると、わたしは……」

寝言《ねごと》だった。

さっきまでの幸せそうな表情から一変して、これまで見たこともない、悲しみと苦悶《くもん》に満ちた表情。

「ユリス……」

「……ザウ、ザウ……お願いだ……わたしの側《そば》に……ずっといてくれ……ザウ……」

苦しそうな表情で、女神は手を伸《の》ばす。

そのあまりに意外な姿に、ザウエルは一瞬《いっしゅん》言葉を失った。

「ザウ、どこだ……ザウ……」

「……ここにいるよ、ユリス」

夢《ゆめ》の中で自分の名前を呼ぶ女神の手を、ザウエルは優しく握《にぎ》ってやる。

「ああ……どこにも、どこにもいかないで……頼《たの》む……」

女神はまだ、眠《ねむ》ったままだった。苦しそうに眉根《まゆね》を寄せ、冷たい汗《あせ》をかいている。

「大丈夫だよ、ユリス。オレはどこにも行ったりしねぇ。約束は、必ず果たすさ……」

「……本当だな……ザウ……本当に、どこにも行かないんだな……」

「ああ。約束するよ」

「……そう……か……ザウ……ザウ……」

すうっと、女神の体から力が抜《ぬ》けた。

こわばった表情が消え、呼吸も穏《おだ》やかになる。

(こいつも、ろくに信者もいない状況《じょうきょう》で、いろいろと精神的に参ってるんだな……)

昼間の態度も、すべて虚勢《きょせい》なのだろう。そうでなければ、過酷《かこく》な使命に挑《いど》むことなどできないのかもしれない。

「ひょっとしたら、オレがおまえの最後の信者かもしれねぇが……それだけに、見捨てるわけにはいかんよなぁ」

そっと手をシーツの下に入れてやり、自分の首から下がる女神の聖印《せいいん》を指先でなぞる。

「邪竜《じゃりゅう》、ラズアロスか……」

正直、手に負える相手かどうかはわからない。

もし女神の封印《ふういん》が破られていれば、相手は神を殺す竜《りゅう》だ。勝負にもならないだろう。

それでも女神を信じて、兄を信じて、ザウエルはこの試練に挑《いど》むつもりだった。

「そっちも頼りにしてんだぜ、女神様」

ザウエルは笑みを浮かべ、自分の寝床《ねどこ》を作るべく散らばった本を片づけ始める。

そしてその過程で、思いがけないものを見つけた。

「これって……オレの隠《かく》し金庫……？」

万が一のときのために置いておいた、とっておきの金が入った箱が、散乱する本の中に紛《まぎ》れていた。

もちろん——中身はカラ。

「こ、このヤロ……宴会代は誰《だれ》が出したのかと思ったら……」

ガックリと、肩《かた》を落とす。

そしてふと目の前の本棚《ほんだな》に目をやると、ぽっかりと本がなくなっている段があった。そこには〝不潔《ふけつ》な本は焼却《しょうきゃく》処分にしてやった。感謝しろ〟という貼り紙が。

「NOオオオオオオオオオオオッ！」

それは、人には見せられない、男の本棚。

「さ、三百年前の失われた写真技術で撮影《さつえい》された、秘蔵のグラビア集が……嗚呼《ああ》……」

不覚にも、ザウエルはほんのちょっぴり、男泣きしたのだった。

第三章　ピグロウ山へ

1

〝冒険者喰らい《ぼうけんしゃぐ》〟ピグロウ山。

厳密《げんみつ》に言えば、そこは単なる山ではなく、ちょっとした山脈《さんみゃく》だった。

もとより急峻《きゅうしゅん》な山々の連なる場所だったが、約三百年前の〈大破局〉の折、大規模《だいきぼ》な地殻《ちかく》変動に見舞《みま》われて大噴火《ふんか》を起こしたのが、ピグロウ山だ。

その影響《えいきょう》で地形も大きく変化。山や大地は大きく隆起《りゅうき》し、周辺にあった当時の大都市も完全に破壊《はかい》され、あるいは火山灰《ばい》に埋《う》もれた。その結果、周辺はいまや複雑《ふくざつ》な地形と遺跡《いせき》が入り組んだ、自然の要害となっていた。

もとより軍事要塞《ようさい》としての側面もあったのか、いまでは狂《くる》った魔動兵器《まどうへいき》が周囲をさまよい、またキマイラやマンティコアなどの幻獣《げんじゅう》や蛮族《ばんぞく》までもが棲《す》むに至り、〝冒険者喰らい〟の異名《いみょう》を持つようになったのである。

「——さすがに、その異名に偽《いつわ》りはねぇな」

そんな、岩ばかりの山道。

そこには武装した冒険者の石像が無数に並び、不気味な博覧会《はくらんかい》会場みたいになっていた。どれもがみなやたらリアルで、傷《きず》つき、苦悶《くもん》の表情を浮《う》かべたものばかりだ。

「そりゃこんなとこ、誰《だれ》も来たがらねぇわ」

そして目の前には、行く手を阻《はば》むように大きな翼《つばさ》を広げる幻獣。その凶暴《きょうぼう》な姿を前に、ザウエルはぺろりと唇《くちびる》を舐《な》めた。

コカトリス——森や荒野《こうや》に棲まう、鶏《にわとり》に似《に》た幻獣だ。だがその大きさは馬よりも大きく、くちばしの高さは人間の頭をつつくのにちょうどいい。

しかもそのくちばしには、石化の魔力《まりょく》があるというから余計にたちが悪い。たとえ盾《たて》や甲冑《かっちゅう》が鋭《するど》いくちばしの攻撃《こうげき》に耐《た》えたとしても、並《な》みの人間ならすぐに石像にされてしまうのだ。

「だが——」

「コケェエエエエェッ‼」

ザウエルは余裕《よゆう》をもって、コカトリスのくちばしをかわす。逆に返す刃《やいば》で、深々と怪鳥《かいちょう》の首の付け根を斬《き》り裂《さ》いた。

「テメェが氷に弱いのは先刻承知でね。悪く思うなよ」

ザウエルが構えるのは、魔剣《まけん》〝凍える吐息《チルブリーズ》〟。その刀身から放たれる冷たい瘴気《しょうき》によって幻獣の動きは鈍《にぶ》り、触《ふ》れただけで肉が剝《は》げるほどに冷たい刃は、斬《き》り裂いた傷口さえも凍《こお》りつかせる。

「とどめ！」

苦《くる》し紛《まぎ》れに突《つ》き出してきたくちばしを体捌《たいさば》きでかわし、その伸《の》びきった首に魔剣の一撃《いちげき》を加える。

「コ……ケェ…………ッ」

それが、致命打となった。

コカトリスの頭は寸断され、ぐるぐると回転しながら宙を舞《ま》う。噴《ふ》き出す鮮血《せんけつ》もすぐさま凍りつき、泣き別れになった胴体《どうたい》はそのまま数歩前進した後、石像と化した冒険者にぶつかって、ドウッと倒《たお》れた。

頭が地面に落ち、怪鳥は完全に絶息する。

「ぷふぅ……っ」

ザウエルは大きく息を吐《は》き、魔剣を鞘《さや》に戻《もど》した。やがて瘴気は山風に乗って霧《む》散《さん》し、太陽の陽気によって冷気も消え去る。

「……さすがにヤバイ魔物《まもの》ばっかり出やがるな」

フォルトベルクの街を出て、三日。

正面には、三百年前からずっと噴煙《ふんえん》を上げ続けているピグロウ山の偉容《いよう》が迫《せま》っていた。そして振《ふ》り返《かえ》れば、遠くにフォルトベルクの街並みが見える。

「さすがに緊張感《きんちょうかん》ありすぎだぜ……」

山に足を踏《ふ》み入れてから、イヤになるほど魔物と戦ってきた。だがそろそろ、ザウエルの手にも余るような敵《てき》が出てきそうな雰囲気《ふんいき》だ。

「おーい、みんなもういいぞ」

そう言って手招《てまね》きすれば、女神とアリエル、それにジェラルディンの三人がゾロゾロと姿を現す。

「ザウエルさん、お怪我《けが》はありませんか……？」

「まあ、なんとか無傷だよ」

心配げなアリエルの声に、ザウエルは苦笑《くしよう》を浮《う》かべる。

「……また、出番はなしか」

言いつつ、ジェラルディンが襟《えり》の辺《あた》りを触《さわ》って甲冑《かっちゅう》を解除した。相変わらず表情は乏《とぼ》しいが、そこはかとなく不満げだ。

「ザウひとりで敵が片付くのは悪くないのだが……これではパーティを組んだ意味が薄《うす》いのう」

「そうは言ってもなぁ……」

女神の言葉に、ザウエルは魔剣に手を置いて小さく唸《うな》る。

彼の持つ魔剣のほとんどが、仲間にも被害《ひがい》や悪影響《あくえいきょう》を及《およ》ぼす呪《のろ》いの効果を持ち、仲間と連《れん》携《けい》するのが難《むず》しいのだ。

なので結局、彼らが選んだのが、ザウエルを先行させて前線とし、後方で女神とアリエルをジェラルディンが守るというフォーメーションだった。

「確《たし》かに、ソロで冒険してたときとやってることが変わんねぇんだよな……」

傍目《はため》から見れば、ザウエルひとりパーティから放り出されたみたいな隊列で旅を続けていた。冒険者として、これほど悲しい気分になる呪いもない。

「チルブリーズは味方も弱体化させ、ライトニングヘルは仲間も斬る……インフェルノロードは多用するとオレが死ぬし……」

いいフォーメーションが思いつかず、ザウエルは眉根《まゆね》を寄せる。

「ともかく、ここらで一回休憩《きゅうけい》にするか。みんな疲《つか》れてるだろ？」

「ふぁぁ～、助かりますぅ～」

旅慣れないアリエルが、日陰《ひかげ》の岩場に腰《こし》を降ろした。一応山歩きしやすい靴《くつ》や服など、装《そう》備《び》は全部ザウエルがあつらえたものだが、さすがに体力だけは本人次第だからどうしようもない。

一方のジェラルディンは元冒険者だけあって慣れた様子だ。重い甲冑を着たままの山道だというのに、汗《あせ》ひとつかかず、涼《すず》しい顔をしている。

「……さすがに険《けわ》しい道のりだのう」

「そう言うわりには元気だな」

「これでも戦《いくさ》の神ぞ。足腰《あしこし》には自信があるわ」

そう言って女神は胸を張る。もっとも、彼女の荷物は全部ザウエルとジェラルディンが持っていたりするのだが。

「だけどこうも魔物が多いと、先々辛《つら》くなりそうだな……」

ザウエルは腰《こし》に吊《つる》した金属製の輪を外すと、地面に置いた。そこに、剝《は》ぎ取ったコカトリスのくちばしを重ねる。

「なにをしておるのだ？」

「賦術《ふじゅつ》用の粗製《そせい》カードを作るのさ。この先、何枚あっても困らなさそうだしな」

ザウエルが二言三言つぶやくと、金属の輪はぼんやりと光を放った。その周囲に魔方陣《まほうじん》が描《えが》かれ、その中心に黄金の棒《ぼう》を突《つ》き立《た》てる。すると魔方陣の上に、半透明《はんとうめい》の四角錐《しかくすい》が現れた。

「こうやって第一原質《プリマ・マテリア》を取り出すための魔方陣を展開し、四角錐の空中結界で洩《も》れを防ぐってわけだ。あとは、この輪が小型反射炉《はんしゃろ》の役割を果たしてくれる……よっと」

金属の輪の内側に、赤い光が宿った。するとコカトリスのくちばしも赤い光に包まれ、しばらくして砂のように崩《くず》れ去った。ザウエルが空中結界を解《と》き、砂を払《はら》いのけると、そこから赤い色のカードが現れる。

「ほほう、こうやってカードを作るのか」

「真語《しんご》魔法や操霊《そうれい》魔法を覚えるのに比べれば、簡単《かんたん》なもんさ」

ザウエルは笑い、できたてのカードを腰のホルダーに入れて、金属の輪を吊《つる》す。

「さて。この調子で特に大きなトラブルもなけりゃ、ピグロウ山にはあと三日もあれば着けるかも……」

ザウエルは地図を広げ、現在位置を確認する。

なにぶん踏破《とうは》した者がまともにいない山だけに、地図もいい加減なものしかない。だから、ザウエルも自分の見立てに大して自信はなかった。

「三日ですかぁ……」

不満を口にするわけではなかったけれど、アリエルの声はかなり弱々しい。肩《かた》に乗せた黒《くろ》猫《ねこ》のニコも、ぐったりとしている。

そんな彼らの頭上を、今日も隕石《いんせき》が通過していった。遠くのほうから、「ドーン……」という音が聞こえてくる。

「急いだほうがいいかもな……」

いつ人が住む街に落ちるかわからない。世界が滅《ほろ》ぶと言われてもピンとこないが、隕石が自分の頭に降ってきたらどうなるかは、想像する必要すらないだろう。

「ん……!?」

そんなときだ。ザウエルは不穏《ふおん》な気配に素早く視線を巡《めぐ》らす。

「どうした、ザウ……」

「……敵だ。もうすぐ側《そば》まで来てるぞ。くそっ、他に気を取られすぎたぜ」

「え、ええ〜っ」

全員素早く立ち上がり、戦闘態勢《せんとうたいせい》を整《ととの》える。

「……蛮族《ばんぞく》か」

ジェラルディンは襟元《えりもと》をなぞり、鎧《よろい》を重甲冑へと変形させた。そして一歩前に出る。

「蟻人《フォルミカ》だ。数が多いな……」

仲間が周りにいるので、ザウエルは魔剣に手をかけたまま抜《ぬ》けずにいた。そんな彼らに、奇《き》怪《かい》な姿の魔物が迫《せま》ってくる。

背丈《せたけ》は人間より高いぐらいの、直立した蟻《あり》──フォルミカ。四本の腕《うで》で自在に武器《ぶき》を操《あやつ》り、仲間同士連携して獲物《えもの》を襲《おそ》う冷酷無比《れいこくむひ》な殺戮者《さつりくしゃ》たちだ。感情らしいものを持ち合わせておらず、死ぬまで戦う恐《おそ》るべき魔物である。

「今回は私も前に出よう」

「いや……いつも通りのフォーメーションで行こう」

ザウエルと肩を並《なら》べようとするジェラルディンだったが、ザウエルは首を横に振る。そして、誰《だれ》よりも早く地面を蹴《け》った。

「連中は水や氷に弱い。アリエル先生、援護《えんご》を頼《たの》む」

「は、はひ……っ」

「ザウ、敵は多いぞ！　止められるのか⁉」

「……正直難しいな」

ざっと見回しても、蟻人の数は十体ばかりいる。このままでは、とても全部を食い止めきれない。

「ユリスとアリエル先生は全力で後退《こうたい》してくれ。オレが食い止められなかった分は、ジェラルディンに頼《たの》む」

ザウエルは言い放ち、魔剣チルブリーズに手をかける。囮《おとり》となって敵を引きつけるつもりだったが、釣《つ》られてくれるかどうかは相手次第だ。

「群がってこい──」

雄叫《おたけ》びをあげ、ザウエルは蟻人の中心へと走る。

冷酷な殺戮者たるフォルミカたちは、そんな戦士を取り囲み、確実に殺そうと迫ってくる。

蟻人たちは体格も大きいので、一見すると絶体絶命のピンチだ。

が、その瞬間《しゅんかん》。

「う、うえ、うえ、真、第十階位の攻《ヴェス・ツェンド・ル・バン》。冷気、吹雪、嵐風《グラート・ヘイル・トルメラ》──猛雪《ワルベンテイスカ》！」

「え………⁉」

突如《とつじょ》フォルミカたちを中心に、吹雪《ブリザード》の魔法が吹《ふ》き荒《あ》れた。ザウエルは巻き込まれる寸前、どうにか足を止める。

「あ、危《あぶ》ねえっ」

猛烈《もうれつ》な氷のつぶてを喰《く》らい、蟻人たちはギチギチと嫌《いや》な悲鳴をあげた。だが魔法の一撃では仕留《しと》めるに至らず、得物を振り上げてザウエルへと殺到《さっとう》する。

「よし、釣れた――」

「ザウエルさん、危ないっ！」

敵を食い止めたいザウエルとしては狙《ねら》い通《どお》りなのだが、あまりに多勢に無勢な有様を見て、アリエルが数歩飛び出していた。そして素早く呪文《じゅもん》を唱《とな》える。

「真《ヴェス》、第八階位の攻《オルダ・ル・バン》！　閃光《シャイア》、瞬閃《スルセア》、熱線《ヒーテイス》――光槍《ヴォルハスタ》‼」

それはそれは、驚《おどろ》くほどに速い詠唱《えいしょう》だった。

無数の輝《かがや》く槍《やり》がアリエルの周囲に浮かび上がり、それらが次々と蟻人目がけて発射される。

それはまるで、光のシャワーのようだった。それらはどれもこれも過《あやま》たずフォルミカの頭や胴《どう》を貫《つらぬ》き、吹き飛ばす。ザウエルのすぐ側をかすめるものも何本かあったが、すべて紙一重で通り過ぎ、敵を撃《う》ち抜《ぬ》いていった。

「スゲェ……けど――」

うっかり当たっていたら、ザウエルとて大怪我《おおけが》するところだ。だがアリエルが放った光の槍は、正確にすべてのフォルミカを射貫《いぬ》いていた。その腕前《うでまえ》に、ザウエルも舌を巻く。

「ザイアよ、その御手《みて》を拳《こぶし》とし、敵を打《う》ち倒《たお》したまえ！」

そこへジェラルディンが踏《ふ》み込《こ》み、騎士神《きししん》への祈《いの》りを捧《ささ》げた。凄《すさ》まじい衝撃波《しょうげきは》が一体のフォルミカを打ち砕《くだ》き、残る一体の首を魔剣《まけん》で刎《は》ねる。

そして気がつけば——動いている蟻人は一体もいなくなっていた。

——結局、ザウエルは一回も剣《けん》を振っていない。

というか、鞘《さや》から抜いてもいなかった。

「はははははは！　さすが我《わ》が勇者たち！　圧倒的《あっとうてき》ではないか！」

「はぁ、はぁ……」

勝《か》ち誇《ほこ》る女神の横で、アリエルは完全にへたり込んでいた。どうやら完全に、体内のマナを使い切ったらしい。

「うはー………」

冷静に対処すれば、十分撃退《げきたい》できる相手ではあったが——ここまで圧倒的かつ一方的な戦いになるとは、ザウエルも予想していなかった。

とはいえ。

「ちょっとばかし、マナを使いすぎじゃね……？」

「ご、ごめんなさい……ザウエルさんが危ないと思ったら、つい……」

「う……」

涙目《なみだめ》で上目遣《うわめづか》いに言われては、それ以上なにも言えないザウエルである。

「ジェラルディンも、無理して前に出てこなくてもよかったんだが……」

「すまん。つい血が騒《さわ》いでしまった」

エルフの女騎士は特に表情を変えることなく、鎧《よろい》を軽装へ変形させる。

「細かいことを言うな、ザウ。皆《みな》の働き、あっぱれであったぞ」

「まあ、最大火力がスゲーことはよくわかったな……」

それはそれで意味のあることだと、前向きに評価してみる。

「ところでザウ。あそこに見えるのは、遺跡《いせき》ではないか？」

「……ホントだな」

女神が指差した先の岩陰《いわかげ》に、どうやら人工物らしい横穴《よこあな》が見える。

「あそこから蟻どもは湧《わ》いてきたようだが」

ジェラルディンも気づいたのか、そう指摘《してき》する。

「どうにも気になる……なにか女神感覚にビンビンと感じるわ」

「なんだよ、女神感覚って」

「よし、調べてみるぞ。行け、ザウ」

「無視かよ！　ったく、調べるのは構わねぇが……とりあえず、休憩《きゅうけい》してからにしようぜ」

無理をしない主義のザウエルは、とにかく安全を優先するのだった。

2

「——間違《まちが》いない、ここだ」

山腹にぽっかりと開いた横穴。

魔法の明かりで照らされたその中を覗《のぞ》き込み、女神ははっきりと断言した。

「ここが、封印《ふういん》へ繋《つな》がる遺跡《いせき》なのか？」

「うむ。もっともひとえに封印と言っても、複数《ふくすう》の小さな封印と、最終的な封印の二種類があるはず。これはそのうちの、小さな封印へ繋がる遺跡だの」

「……？　その小さな封印とやらに、行かなきゃならねぇ理由があんのか？」

「ふふん。これだから定命《じょうみょう》の者はせっかちで困る」

「悪かったな。せっかちで結構だから、教えてくれよ」

ザウエルが頼み込むと、女神は得意げな顔でふんぞり返る。

「はっはっは。ならば聞いて驚《おどろ》くがよい。小封印からは、他の封印へ瞬間移動《テレポート》できるのだ！」

「……マジか？」

「嘘《うそ》を言うてどうなる。もちろん、そのためには女神たる我《わ》が力で開放しなければならんがな」

「じゃあ使えねーじゃん」

「なんだと！」

「まあまあ、お二人とも……」

「ふん」

ザウエルに怒鳴《どな》り返す女神を、アリエルが弱々しくなだめる。

三時間ばかり休憩し、薬草などを使ってマナもほとんど回復していたが、遺跡探索《たんさく》など初めてなのだろう。声が震《ふる》えている。

「近道できるかもしれませんし、ひとまず向かってみますか……？」

「まあ、そうだな。ここから先は地図も当てにならねぇし……」

とは言ったものの、この横穴はフォルミカたちが出てきた穴だ。連中の巣《す》になっているかもしれないと思うと、そう簡単な道のりではないだろうと思う。

「道案内なら任《まか》せよ。この遺跡を見てから、はっきりと封印の場所を感じられるようになってきたのでな」

「本当かよ……？」

「任せておけ。さあ、皆の者。少し離れて、ひとりずつついてまいれ」

「いやおい、待て待て待て！」

堂々と先頭に立って進む女神を、ザウエルは慌《あわ》てて追いかける。その瞬間《しゅんかん》、床下《ゆかした》でなにかがガコンと音を立てた。

「しま……っ!?」

床がぱっくりと開く。その段になって気づいたが、女神とザウエルが踏《ふ》んだ場所の周りだけ、フォルミカの足跡《あしあと》がまったくなかった。

「ザウエルさん!?」

咄嗟《とっさ》に、すぐ後ろにいたアリエルがザウエルのベルトを摑《つか》んでいた。ザウエルもユリスのローブをどうにか摑んでいたが、とてもアリエルひとりで二人分を支えられるわけもない。

「あ、あああ～っ」

「……ふん」

ギリギリのところで、アリエルの外套《がいとう》をジェラルディンが摑む。それでどうにか、三人は落ちずにすんだ。

「あ、危ねぇ……」

見れば、下は槍衾《やりぶすま》。何体か落ちたのか、蟻人の屍《しかばね》が槍に刺《さ》さった状態で干からびていた。

「な、なにをしておるかザウ！　殺す気か!?」

「二人目が踏んだら作動するタイプの罠《わな》なんだよ！　っていうか、素人《しろうと》が不用意に先頭に立つな！」

「それぐらい気づいておったわたわけが！　おまえが踏まねば落ちなかったわい！」

「あ、暴れないでくださいぃ～～っ」

吊《つる》されたまま、槍の上で拳《こぶし》を振《ふ》り上げる女神。

女性二人にぶら下げられるザウエル。

四人の前途《ぜんと》は、まだまだ多難そうだった。


しかしザウエルの心配をよそに、その後は案外順調に進んでいた。

もちろん、再三罠には悩《なや》まされ、何度となくフォルミカにも襲撃《しゅうげき》されはしたが、すべてグダグダながら対処することができたし、撃退《げきたい》できた。

そしてなにより、断片的に蘇《よみがえ》った女神の記憶《きおく》が、ザウエルたちの道のりを多少なりと楽なものにしているのも事実だった。

「そこだ。その壁《かべ》にある隠《かく》し扉《とびら》を抜《ぬ》ければ、封印の間だぞ」

「うお、本当に隠し扉があったぜ……」

「いい加減素直に信じぬか、ザウ」

「いや、信じてねぇわけじゃねーんだが……」

ザウエルは手早く罠の有無《うむ》や敵の気配を調べ、完全に石の壁に偽装《ぎそう》されている隠し扉を開いた。その先は通路になっていて、広い部屋へと繋がっているらしい。

「ただ、小封印は五つあるはずなのだが、他のがどこにあるのか皆目《かいもく》見当がつかん……」

「ホントに大丈夫《だいじょうぶ》なのか？」

「まあ、近くまで行けばわかるであろうて。それに、テレポーターで飛べば確実だしの」

「……ちゃんと使えるんだろうな？」

「任せろ。もう使えるように、念じておいたからな」

「不安になってきたぜ……」

まったく余裕《よゆう》の態度を崩《くず》さない女神に嘆息《たんそく》するザウエルだったが、そのときふと足を止める。

「ザウ、どうした？」

「なにか、音が聞こえる……」

耳を澄《す》ませば、通路の遥《はる》か先から重々しい音が聞こえていた。かすかに、人の声のようなものも聞こえる。

「誰《だれ》か、別の冒険者《ぼうけんしゃ》がいるのかもしれねぇ。ちょっと離《はな》れてついてきてくれ」

ザウエルは足音を忍《しの》ばせ、通路の先へと進んだ。物音はだんだん大きくなり、震動《しんどう》も近づいてくる。

「うお………っ⁉」

そして通路の終わりから部屋の中を覗き込み、ザウエルは思わず絶句していた。

「ド、ドドド――」

「ドラゴン⁉」

いつの間にかすぐ側までやってきていた女神が、驚きの声を洩《も》らす。

「ゴガアアアアアアッ‼」

耳をつんざく咆吼《ほうこう》。

通路の先の広間は、騎士団の野外練習場がすっぽり入るほどに広く、無数の石柱で支えられた天井《てんじょう》も高い。

だがそんな空間さえ狭《せま》く感じさせるほどの巨獣《きょじゅう》が、そこにはいた。

トカゲのような姿に、大きな翼《つばさ》。牙《きば》は剣のように長く鋭《するど》く、ひと噛《か》みで人間など丸呑《まるの》みにできそうなほど口は大きい。

まさに魔物《まもの》の中の魔物。人間よりも神よりも古い、生物の頂点とも言える大いなる獣《けもの》。

だがその巨獣が、いまは全身から血を流し、苦痛と怒《いか》りに咆吼をあげていた。通路やザウエルたちのことなど気づきもせず、目の前を後退していく。

「は、はわはわはわ……」

「……ドラゴンを追い込んでいる者がいるな」

追いついてきたアリエルは言葉もない様子だったが、さすがにジェラルディンは冷静だった。

「しかもここは、封印の間だぞ⁉」

「マジか……⁉」

女神の指摘《してき》に視線を動かせば、確かに広間の一角には大きな魔方陣《まほうじん》が描《えが》かれ、その中央には見覚えのある斧槍《おのやり》が突《つ》き立《た》っている。ドラゴンはそちらへ向かおうとしてか、魔方陣へと体を向けた。そこへ、銃声《じゅうせい》と共に閃光《せんこう》が走る。

「ギガァァアッ！」

悲鳴と共に、ドラゴンはたたらを踏んで後退する。結果として、魔方陣からは離れていた。

「封印から遠ざけようとしているかのようだが……」

「あれは……」

銃声《じゅうせい》のしたほうを見やれば、そこには三人の人影《ひとかげ》があった。

ひとりは下半身が蜘蛛《くも》のようになった奇《き》っ怪《かい》な姿。銃を持っているのは、小柄《こがら》なウサギに似《に》た種族だ。

そして最後のひとりは、黒と紫《むらさき》で塗《ぬ》られた金属鎧《きんぞくよろい》をまとう、銀髪《ぎんぱつ》の男。

「ジェダ……!?」

再び放たれた銃弾《じゅうだん》の閃光が、鎧の男を瞬間《しゅんかん》照らし出す。

その姿は間《ま》違《ちが》いなく、ジェダ・プロマキスだった。

「ふ、封印を、守ってるんでしょうか……」

「……らしいな」

銃弾の一撃《いちげき》は、ドラゴンの片翼《かたよく》を貫《つらぬ》き、動きを鈍《にぶ》らせた。そこへ、ジェダと異形《いぎょう》の下半身を持つ戦士が突撃《とつげき》していく。

「あれが、ジェダという男の戦う姿か……」

陶然《とうぜん》とした声で、女神もつぶやく。

だがそれも当然だろう。

銀色の髪《かみ》を残光のようになびかせ、ジェダは巨獣へと駆《か》ける。その姿は、まるでタペストリーに描かれる英雄伝《えいゆうでん》のようだ。その整《ととの》った横顔は、男であっても見とれてしまう。

「危ないっ」

ドラゴンは大きく息を吸うと、紅蓮《ぐれん》の炎《ほのお》を吐《は》き出した。その光景に、アリエルまで拳《こぶし》を握《にぎ》りしめる。

だがジェダはなにひとつ慌《あわ》てた様子もなく、左手に構えた盾《たて》をかざした。炎は激《はげ》しく銀髪の戦士をなぶるが、焼き尽《つ》くすには火力が足りなかった。

「ははははは！　所詮《しょせん》レッサー種のドラゴンだ！　この程度かよ！」

見ただけですくみ上がるような巨獣を前に、ジェダは豪快《ごうかい》に笑う。

「ヨーレ！」

「お任せを、ジェダ様！」

炎を浴びたのは、ジェダひとりだった。その隙《すき》に下半身が蜘蛛のようになっている女戦士が走り抜ける。よく見れば、蜘蛛のような下半身に見えたのは、十二本足の魔動《まどう》機械だ。

「アラクネ……それも改良型か！」

十二本足を持つ多脚魔動戦車《たきやく》に乗った女戦士は、滑《すべ》るような動きで水平にかざした槍《やり》をドラゴンの腹部へと全力で突き込む。

「ギガァッ‼」

苦悶《くもん》の叫《さけ》びを上げるドラゴンの腹部へ、ヨーレは容赦《ようしゃ》なくアラクネの無数の脚部《きゃくぶ》で攻撃《こうげき》させた。そこへ、さらに再度の槍。

「雷《かみなり》の渦《うず》！」

バヂバヂバヂッと、多脚戦車《アラクネ》から電撃《でんげき》がほとばしった。その凄《すさ》まじい放電は、ドラゴンの巨体《きょたい》でさえ全身を震えさせる。

「さっさと死ねよデカトカゲッ！」

後衛《こうえい》に控《ひか》えていたタビットが再び輝《かがや》く弾《たま》を放ち、ドラゴンの分厚い顔の皮膚《ひふ》に穴を穿《うが》つ。

この連続攻撃《れんぞくこうげき》に、さしものドラゴンも苦しそうに頭を垂れた。だが、倒《たお》れるには至らない。

そこへ、ジェダが斬《き》り込んでいた。

「ヨーレ、フレッド、いい仕事してるぜ！」

走りざま、ジェダの肌《はだ》の色が青黒く変色してゆく。それと同時に、頭部の角も長さを増《ま》した。体の奥底《おくそこ》から溢《あふ》れるマナが、かすかな燐光《りんこう》となってナイトメアの体を覆《おお》う。

異貌《いぼう》——魂《たましい》に〝穢《けが》れ〟を持つがゆえに得た、ナイトメア特有の力。魔力《まりょく》に溢れたその姿こそが、実は本来の姿なのだとも言われている。

「ガァァッ！」

ドラゴンは威嚇《いかく》するように吠《ほ》えるが、もはやそれすら悲鳴のようだった。滑《すべ》るような足さばきでジェダは華麗《かれい》に懐《ふところ》へ飛び込み、無言のままに盾《たて》を持った左手を突き出す。

「じゃあそろそろ、本気でくたばってもらおうか！」

「グギ……ッ!?」

土水火風光闇——六種の妖精《ようせい》が乱舞《らんぶ》し、混じり合うことで純粋《じゅんすい》なるエネルギーを生み出す。その混沌《こんとん》の塊《かたまり》とも言うべき力はドラゴンの鼻っ柱に命中し、巨獣の頭をのけぞらせた。

「こいつで……とどめだッ！」

そしてジェダは、一瞬《いっしゅん》だけ覗《のぞ》いたドラゴンの喉許《のどもと》へと、手にした剣《けん》を突き出した。全身から溢れる魔力は刃《やいば》を伝い、恐《おそ》るべき殺傷力をその切っ先に宿らせる。

「ガ…………ッ!?」

鋼鉄《こうてつ》の鎧もかくやという鱗《うろこ》を持つドラゴンだが、のけぞり、鱗の隙間《すきま》が広がった喉許だけは脆弱《ぜいじゃく》だった。ジェダの剣は過たずその守りの手薄《てうす》な喉を貫き、刃に宿った魔力がドラゴンの体を焼く。

その一刀が、まさしくドラゴンにとっての致命傷《ちめいしょう》だった。

「ゲ、ボァ……ッ」

ドラゴンは炎ではなく、大量の鮮血《せんけつ》を吐き出す。その双眸《そうぼう》からは光が消え、力を失った頭は石の床へと重々しい音を立てて落ちた。

「おっと……危ねぇ危ねぇ」

ジェダは素早く身を翻《ひるがえ》し、ドラゴンの体から逃《のが》れた。そして戦果を確かめるように、余裕の表情で巨大《きょだい》な獣の亡骸《なきがら》を見下ろす。

「スゲェ……なんつー怒濤《どとう》の攻撃だ……」

確かに、ジェダの技量はずば抜けて高い。

だがそれ以上に、仲間とのコンビネーションが優《すぐ》れていた。まるでジェダたちこそが一体の巨獣のように、恐るべきドラゴンを手玉に取ってしまったのだ。

「ドラゴンがあっさり、やられちゃいましたね……」

「ううーむ……欲しい。使命はあの三人に手伝ってもらうことにするか……」

「乗《の》り換《か》えねぇって言ってたの誰だよ！」

思わず女神に突っ込んでしまうが。

「——おい、そこにいる連中。出てこいよ」

ジェダのその言葉に、ザウエルは慌《あわ》てて口をふさいだ。だがそんなことで見逃《みのが》してくれる相手だとは思わなかったので、すぐに諦《あきら》める。

「……ザウエル、行くのか」

「ああ。こそこそ隠れてたって、相手には筒抜《つつぬ》けだからな。それにお互《たが》い、冒険者だ。隠れるような理由もねぇだろ」

「うむ。それに封印《ふういん》を守ってくれた礼も言わねばな」

確認するジェラルディンに答え、ザウエルとユリスは広間へと出て行く。エルフの神官戦士も短く神への祈《いの》りを捧《ささ》げつつ、それに続いた。

「見事なもんだな、ジェダ」

「はは。やっぱザウエルか」

血刀を下げたまま、銀髪のナイトメアはその名を告げた。戦闘《せんとう》が終わったがゆえか、肌は再び白磁《はくじ》のような色に戻《もど》り、角の長さも髪に隠《かく》れる程度まで短くなる。

「ジェダ……まさかあんたらも、ピグロウ山の遺跡《いせき》を目指していたとはな」

「ふむ。封印を守ってくれて、礼を言うぞ。さすがは勇者と名高いだけのことはある」

「封印を守る……？」

ユリスのねぎらいの言葉を受け、ジェダは低い声で笑い出す。

「ジェダ……？」

「ふふ……はははははは。悪いな。あいにくと、そんなつもりで戦ってたわけじゃねぇよ」

「なに……？」

銀髪の戦士は大きな声で笑うと、魔方陣へ向けて歩き出す。

その手には、いまだ剣が抜《ぬ》き身《み》で握《にぎ》られていた。

「ジェダ、あんたどういう――」

「どうもこうもねぇよ。つまりは――」

剣を、振《ふ》りかぶる。

「こういうことだ」

ギンッ！

振り下ろされた剣を受け、魔方陣に突き立つ斧槍はあっけなく折れ砕《くだ》ける。

瞬間、魔方陣が妖《あや》しい光を放っていた。

3

「ふ、封印が……！」

「ジェダ、テメェどういうつもりだ!?」

ザウエルの叫《さけ》びに、銀髪の戦士は低い声で笑う。

「――決まってんだろ、ザウエル。俺《おれ》はいつだって、自分が欲《ほ》しいものを得るために生きてきた。欲しいものを得るためなら、どんな危《き》険《けん》だって踏《ふ》み越《こ》えてきた」

魔方陣の赤い光に照らされたジェダの顔には、獣《けもの》じみた笑《え》みが浮《う》かぶ。

「欲しいものって……封印を破《は》壊《かい》して、なにを得るってんだ!?　こいつは、終末を招く邪《じゃ》竜《りゅう》を封《ふう》じたものなんだぞ⁉」

「知ってるよ。それぐらいな。だが、それがどうした？」

「なにぃ……？」

「俺が欲しいのは、その終末を招く力だよ。それ以上の理由が必要か？」

「本気か、テメェ………ッ」

「ギャハハ！　だからジェダが言ってただろ！　死にたくなけりゃ、この山には入るなってなァ！」

二発の銃声が響《ひび》き、光の弾《たま》がザウエルと女神を襲《おそ》う。だがその銃弾は、素早く前に出たジェラルディンの体に命中していた。

「ジェラ⁉」

「──油断するな。やつらはやる気だ」

甲冑《かっちゅう》を重装型に変形させつつ、ジェラルディンは剣を抜いた。そこへ、多脚戦車に乗った女戦士が飛び込んでくる。

「ジェダ様の邪魔《じゃま》は、誰《だれ》にもさせません」

「ユリス、離《はな》れろ！」

ザウエルは女神を突《つ》き飛《と》ばすようにして距離《きょり》を取り、自分はさらに踏み出した。ドラゴンの鱗すら貫通《かんつう》した槍の一撃が突き出されるが、これをどうにか避《さ》ける。

「くそ……ッ」

腰《こし》の剣に右手を置くが、ザウエルはどれを抜くか躊躇《ちゅうちょ》してしまった。その隙《すき》に、女戦士は容赦《ようしゃ》なく槍を振るい、多脚戦車の足を振るう。

「つあ……っ、この野郎《やろう》ッ」

振り下ろされる無数の足をどうにか避けるが、次の瞬間《しゅんかん》、魔動機械が激《はげ》しく放電していた。これぱかりは、どうやっても回避《かいひ》できない。

「ぬ……っ」

「はぐ……っ」

「ユリス⁉」

電撃はジェラルディンやユリスまで巻き込んでいた。その間、ジェダは赤く明滅《めいめつ》する魔方《まほう》陣《じん》の中央に立ち、懐《ふところ》からなにかを取り出している。

「悪いなァ、ザウエル！　だから言っただろ？　おまえとは行けねえってな！」

楽しげな声で叫び、ジェダは儀式《ぎしき》を行うかのように呪文《じゅもん》を唱《とな》え始める。その影響《えいきょう》でか、広間全体が小刻《こきざ》みに揺《ゆ》れ始めていた。

「ザウ、これ以上封印を破壊させるな！　修復できなくなる！」

「とは言ったって……」

目の前に立ちはだかる女戦士は、ザウエルでも油断できないレベルの手練《てだ》れだった。これを突破《とっぱ》するのは、至難《しなん》の業《わざ》だ。

「ザイアよ、我らが傷を癒《いや》したまえ……」

ザウエルが躊躇する間にも、ジェラルディンは神への祈りを捧げ、負傷した仲間の傷を癒していた。さらに後方からはアリエルの呪文の詠唱《えいしょう》が響き、光の槍が女戦士と多脚戦車を撃《う》つ。

「ええい、くそっ」

結局ザウエルは、〝猛炎の王《インフェルノロード》〟を引き抜いていた。だが中途半端《ちゅうとはんぱ》な体勢から繰《く》り出した斬《ざん》撃《げき》は、あっけなく空を斬《き》る。それでも、魔剣《まけん》の呪《のろ》いはザウエルの体から生命力を吸い取っていた。

「ぐ……っ」

「ギャハハハハ！　グダグダだなテメェら！　いいマトいただきだぜェ！」

血を噴《ふ》き出して呻《うめ》くザウエルを嘲笑《あざわら》い、タビットの魔動機師は長銃を構え、撃った。その銃弾《じゅうだん》は乱戦状態の戦士たちを絶妙《ぜつみょう》にすり抜け、背後のアリエルを捉《とら》える。

「きゃあ……っ」

「アリエル先生!?」

「雑魚《ざこ》がフラフラ出てくるからだよマヌケ！　そのまま死ね！」

「このクソウサギ……っ」

目の端《はし》で、アリエルが倒れるのが見えた。だが目の前の敵を放置して、助けに行くこともできない。

「くそっ、どけよ！」

ザウエルは目の前の敵を倒《たお》そうと、必死に剣を振る。だが焦《あせ》れば焦るほど、剣は鈍《にぶ》った。

ただいたずらに空を斬《き》り、代償《だいしょう》の血を流すばかり。

「ジタバタすんなよクズども！　さっさとくたばれッ」

「く……っ」

次々と放たれる弾丸《だんがん》を、ジェラルディンが必死にその身で受けた。だがマナの込められた

弾丸は強固な鎧《よろい》を浸透《しんとう》し、直接その体へダメージを与《あた》えてくる。

「よせ、ジェラ！　それぐらいオレならかわせ――ぐあっ」

「――注意が散漫《さんまん》すぎますね、あなた」

女戦士の槍《やり》が、ザウエルの肩口《かたぐち》に突き立《た》っていた。高い位置からの刺突《しとつ》は、凄《すさ》まじい衝撃《しょうげき》

となって体を貫《つらぬ》く。

「ザウ!?」

「なんの、この程度……ッ」

「死ぬぞ！　この馬鹿者《ばかもの》が！」

アラクネの脚部《きゃくぶ》の攻撃《こうげき》をどうにか避《さ》けたザウエルに対し、ユリスは必死に手をかざしてい

た。柔《やわ》らかい光が全身を包み、傷の痛みが引いていく。

「助かる……が、ええいっ」

女神の癒しを受けたからか、少し冷静さが戻ってきた。すると目の前の敵だけでなく、戦場全体が視界に入ってくる。

「ジェダ……ッ」

銀髪《ぎんぱつ》の戦士は、詠唱を終えて腕《うで》を振り上げていた。その瞬間、封印の魔方陣は一段とまぶしい光を放ち、突風《とっぷう》を巻き起こす。

「あぐ……っ」

ユリスの短い悲鳴。

そして魔方陣の光が、穏《おだ》やかに弱まっていく。まるでそのことと連動するかのように、ユリスもゆっくりと床《ゆか》に倒れた。

「ユリス⁉」

「ははは ッ、魔方陣変質の影響《えいきょう》でお嬢《じょう》ちゃんが倒れたところを見ると、女神だってのは本当だったようだな」

「なに……⁉」

ジェダは素早く動き、倒れた女神の傍《かたわ》らに立つ。

「ヨーレ、フレドリック、もう十分だ。退《ひ》くぞ」

「マジかよ⁉　ま、いっか。命拾いしたなクソムシども！　ギャハハ！」

タビットの魔動機師は笑い、起動語《コマンドワード》を唱えた。すると背中に背負った鞄《かばん》から黒い玉が飛び出し、ザウエルたちの頭上で炸裂《さくれつ》する。それは真っ黒な煙《けむり》を撒《ま》き散《ち》らし、あっという間に周囲の視界を遮《さえぎ》っていた。

「煙幕《えんまく》……⁉」

咄嗟《とっさ》に動きが止まる。すぐ側《そば》にジェラルディンがいるかもしれない状況《じょうきょう》で、ザウエルは闇《やみ》雲《くも》に呪《のろ》いの魔剣は振り回せない。

「女神はいただいていくぜ、ザウエル」

「な、ジェダ……⁉」

「そして悪いことは言わねぇ。いますぐこの件から手を引け。いまならまだ、おまえを殺さずにすむ」

煙幕の外から聞こえてくる声。

「ジェダァァァァァッ！」

ザウエルは叫《さけ》び、闇雲に前へと飛び出した。だが煙《けむり》が晴れたときには、もうジェダたちの姿はない。

「クソッタレ…………っ」

ザウエルは炎《ほのお》の剣《けん》を、床に叩《たた》きつける。

魔方陣は変質し、ユリスの姿はない。アリエルも床の上に倒れ、ジェラルディンも鎧の隙《すき》間《ま》から大量の血を流していた。

「なんだってんだよ、くそォ…………っ」

とてつもない喪失感《そうしつかん》。

これ以上ないほどに苦い味が、胸をせり上がってくる。

そしてそれが、敗北と絶望の味であることを――ザウエルは知っていた。

第四章　蘇《よみがえ》る悪夢《あくむ》

1

低い唸《うな》るような音と、風鳴り。

女神《めがみ》ユリスカロアが認識した最初の音は、それだった。

「ここは………？」

ゆっくりと目を開く。

まず飛び込んできたのは、無骨な金属の骨組みで作られた壁《かべ》や天井《てんじょう》と、そこに設《もう》けられた大きな窓。外は太陽が沈《しず》みつつあるのか、赤く染《そ》まっていた。

「――お？　お目覚めかな、女神様」

そしてその声に首を巡《めぐ》らせば、目の前に見覚えのある銀髪《ぎんぱつ》の戦士がいた。

「……ジェダ・プロマキス」

「我《わ》が名を覚えていただき、光栄の極《きわ》み」

ジェダは芝居《しばい》がかった仕草で、大仰《おおぎょう》にお辞儀《じぎ》をする。

「ふん……覚えたくて覚えたわけではないわ」

減《へ》らず口を叩《たた》き、ユリスは相手の隙《すき》を探《さが》そうと視線《しせん》を巡らす。だがそれ以前に、自分が細い無数の革《かわ》ベルトでしっかりと拘束《こうそく》されていることに気づいた。多少の遊びはあるようだが、座《すわ》らされている椅子《いす》から動くことはできそうもない。

「逃《に》げようとしたって無駄《むだ》だぜ？　そいつは拘束した相手の魔力《まりょく》も弱めるし、腕利《うでき》きの盗賊《とうぞく》でも抜《ぬ》け出せない構造になってるからな」

「ぬ………っ」

腹立《はらだ》ち紛《まぎ》れに、ユリスは後ろ手に拘束されている腕を強引《ごういん》に動かそうとした。だがその瞬《しゅん》間《かん》、全身のベルトが収縮し、ギリギリと締《し》め上げる。

「あぐ……っ」

「だから言っただろ。抜け出すのは無理だってな」

「う、ぐ………っ、おのれ……」

抵抗《ていこう》をやめれば、拘束は緩《ゆる》む。

「ここは、どこだ……？　貴様ら、なにを企《たくら》んでおる？」

荒《あら》い息を吐《は》きつつ、それでもユリスはジェダを睨《にら》む。

「はは。さすがは伝説の戦勝神、女神ユリスカロア様だ。たいそう気丈《きじょう》でいらっしゃる」

「茶化すな。質問に答えよ」

「おおっと、これじゃどっちが囚《とら》われ人かわからねぇな。だがまあ、いいだろう。教えてやるよ。ここは、俺《おれ》の船の中だ」

「船……？」

怪訝《けげん》な表情を浮《う》かべるユリスの前から、ジェダは立ち位置をずらす。

するとそこは、前面がほとんどガラス張りになった操縦席《そうじゅうせき》だった。女戦士が一番前の席に座り、その後ろにはウサギに似《に》た耳が突《つ》き出《だ》しているのが見える。

「飛空船《スカイシップ》だよ。まだ、ほんの小さな代物《しろもの》だけどな」

「なんと……」

ユリスの知る限りでは、このような船や機械は存在しなかった。何万年という時の流れの中で、人族はこれほどまでに進歩したのか——内心、素直に驚嘆《きょうたん》する。

「向かっている目的地は、ピグロウ山の山頂だ。そこでなにをするつもりかは……もう知ってるよな？」

「……本気で、ラズアロスの封印《ふういん》を解《と》くつもりか？」

「ああ。本気も本気。大マジメだよ」

「どういう目算があるのか知らんが、ラズアロスは神でさえ殺す古代竜《こだいりゅう》だぞ⁉　人族や蛮族《ばんぞく》ごときがどうこうできる相手ではないわ！」

「ははは。目算ね」

荒々《あらあら》しい剣幕《けんまく》の女神に対し、ジェダはあくまで余裕《よゆう》の態度を崩《くず》さない。

「目算ならあるさ。俺はできもしないことに挑《いど》むほど、バカでも無謀《むぼう》でもないんでね」

「なんだと……？」

「あんたら神が、天空で惰眠《だみん》を貪《むさぼ》っている間……俺たち地上を這《は》いずるゴミ虫みたいな人族や蛮族も、ずいぶんと工夫や研究を重ねてきたんだ。まあ、何度かリセットされて、やり直しも多いけどよ」

ジェダは凶暴《きょうぼう》な笑《え》みを浮《う》かべると、傍《かたわ》らからひと振《ふ》りの剣を手に取った。豪奢《ごうしゃ》な装飾《そうしょく》の施《ほどこ》された鞘《さや》に収められた、長剣《ちょうけん》だ。探知の魔《ま》法《ほう》を使うまでもなく、はっきりと強い魔力を感じさせる代物である。

「それは……!?」

「見覚えがあるか？　そうだろうな。こいつは伝説じゃあ、あんたが使ってた魔《ま》剣《けん》ってことになっている」

「馬鹿《ばか》な!?　我《わ》が魔剣キルヒアイゼンは、ラズアロスを封《ふう》じるのに使ったまま、封印の中心に埋《う》もれているはずだぞ!?」

「おおっと、興奮《こうふん》しない。また拘束がキツくなるぜ？」

「はぐ……うぎ……っ」

「ははは。それに女神様。あんたの指摘《してき》は正しい。この魔剣ユリスレイターは、あんたの魔剣を模《も》して作られた、レプリカだ」

「ええい……はぁっ、はぁ……っ、レプリカだと?」

「そうさ。しかも作ったのは、あんたの信者たちだ」

「なにぃ……?」

「健気《けなげ》なことに、何千年か前のあんたの信者たちは、邪竜《じゃりゅう》を封印するためにその身を投げ打ったあんたを助けようと、身代わりになる魔剣《ユリスレイター》を作ったのさ。しかし結局、その試みは成し遂《と》げられることもなく、この魔剣だけが現在まで伝《と》わっていたというわけだ」

胸に手を当て、同情するかのように目を閉じる。

「そこで、俺たちがその想いを完遂《かんすい》してやろうってわけだ」

しかし再び目を開いたジェダの表情は、どこか悪魔《あくま》じみていた。

「この魔剣を使って封印を変容させ、邪竜ラズアロスを復活させると共に、支配する。まあ、ちょっとだけ弱めの封印ってことだ。いま女神様を拘束しているベルトと、感じとしては同じものだな。逆らえば絞《し》まる。言うことを聞けば緩《ゆる》む」

「本気でそんなことが可能だと思っているのか……!?」

「まあ、おおむね大丈夫《だいじょうぶ》だと思ってるよ。そのために何年もかけて研究してるし、手順も踏《ふ》んでる」

「……手順とは、小封印の変容のことか?」

「お! さすが女神様、正解だよ。五つある小封印は、全部ラズアロスを解放し、支配するための魔方陣《まほうじん》に書《か》き換《か》えさせてもらった。下準備は万全ってとこだ」

「貴様《きさま》……っ、まさか、ラズアロスの封印がこんな短い期間で弱まったのも……」

「そう。俺たちの努力の賜物《たまもの》ってわけだ」

「お、おのれ……」

ルカスが命をかけた、再封印のための〝神格招来《コール・ゴッド》〟。それを、この男はわずか数年で破壊《はかい》しようとしているのだ。怒《いか》りに、顔が紅潮《こうちょう》してくる。

「──それに、今日は思いがけない切《き》り札《ふだ》も手に入れたしな」

「切り札だと……？」

怒りの表情をあらわにする女神に、ジェダはニッと笑ってみせる。

「あんただよ、女神様。ほとんど力を失っているとは言っても、古代神は古代神だ。しかもこの魔剣はあんたの魔剣をコピーしてる。魔力を増強《ブースト》するのには……あんたは最高最適の触媒《しょくばい》ってわけだ」

「な……なんだと……!?」

ずいっと近づけたジェダの顔は、いままで見た中でももっとも凶暴な笑みを浮かべていた。狂気《きょうき》の中に冷徹《れいてつ》さが宿ったような瞳《ひとみ》の輝《かがや》きに、怒りさえも凍《こお》りつく。

「……神を生《い》け贄《にえ》に捧《ささ》げ、神を喰《く》らう竜を支配するというのか……？」

「その通りだよ、女神様！　どうだい、ワクワクするだろう!?」

飛空船内に、ジェダの哄笑《こうしょう》が響《ひび》き渡《わた》る。

「ははは！　はははははははははははははは‼」

「正気か、この男……っ」

心底楽しそうに笑うナイトメアの姿に、女神は神の身でありながら、恐怖《きょうふ》を感じずにはいられなかった。

（ザウ……）

胸の中で、小さくその名をつぶやく。

（追ってこい、ザウ……おまえなら必ず追えるはずだ……）

ユリスは必死に念じ続ける。

だが胸の奥からせり上がってくるのは、数万年来忘れていた、絶望という名の苦さばかりだった。

2

大きな震動《しんどう》が、遺跡《いせき》全体を揺《ゆ》さぶる。

揺れそのものはすぐに収《おさ》まるが、震動によって降り、あるいは舞《ま》い上がった埃《ほこり》が魔法の光の中を静かに流れた。

「放せ、ジェラ！」

そんな中、ザウエルの叫《さけ》びが響《ひび》き渡《わた》る。

「いますぐ追えば、まだ追いつけるかもしれねえんだ！　放せ——」

ガッ！

鈍《にぶ》い音が響き、ザウエルの体が吹《ふ》っ飛《と》んだ。ジェラルディンのパンチはほとんど不意打ち同然だったこともあり、戦士はバランスを崩《くず》して床《ゆか》に転がる。

「落ち着け、ザウエル・イェーガー」

「くそ……っ、落ち着けだと!?　この状況《じょうきょう》で、どう落ち着けって言うんだよ!?」

「こういう状況だからこそ、焦《あせ》るなと言っている」

徹底《てってい》して冷静な声で、ジェラルディンは告《つ》げた。だんだん増《ま》してくる頬《ほお》の痛みと、その言葉の冷たさに、ザウエルも少しずつ落ち着きを取《と》り戻《もど》してくる。

「いま、おまえひとりが飛び出してどうなる？　しかも自分で自覚している以上に、いまのおまえは重傷《じゅうしょう》だぞ？」

「う……」

言われてみれば、槍《やり》で突かれたせいか、左腕《ひだりうで》がまったく上がらなかった。しかも出血がひどく、急激《きゅうげき》に力が抜けていく。

「ザイアよ、この者を癒《いや》したまえ……」

ジェラルディンの祈《いの》りにより、全身の傷が癒され、傷口がふさがってゆく。だがそれでも、全快《ぜんかい》するにはほど遠い。

「そうだ、アリエル先生は……」

「問題ない。銃撃《じゅうげき》を受けたショックで、気絶しているだけだ」

「そ、そうなのか……？」

冷静な騎士《きし》の言葉に、ある意味拍子抜《ひょうしぬ》けする。そんなザウエルを尻目《しりめ》に、ジェラルディンはアリエルにも癒しの魔法をかけた。

「アリエル先生……っ」

ザウエルは魔剣を鞘《さや》に収め、慌《あわ》てて駆《か》け寄《よ》る。抱《だ》き起《お》こせば、なるほど確《たし》かに傷は致命傷《ちめいしょう》と言うほどのものではなかった。癒しの魔法の効果もあって、いまは呼吸も穏《おだ》やかだ。ほっと、胸を撫《な》でおろす。

「あとは簡単《かんたん》な手当で十分だろう。私も、もうほとんどマナがない」

そう告《つ》げるジェラルディンも、鎧《よろい》の隙間《すきま》から鮮血《せんけつ》が滲《にじ》むほど出血していた。自分自身にも一度だけ癒しの魔法をかけ、鎧を軽装型に変形させる。

「ひとまず、全員生きてはいるな」

「ああ。だけど……ユリスが連れていかれちまった……」

その場に座り込み、ガンッと床《ゆか》を叩《たた》く。

「くそ……っ、どうすりゃいい……？」

落ち着きを取り戻したと言っても、まだ完全に混乱と敗北のショックから立ち直ったわけでもなかった。いろんなことが頭の中をぐるぐると駆《か》け巡《めぐ》り、結局なにひとつ考えがまとまらない。

「一体なんで、あいつらはユリスをさらったんだ？　それに、邪竜の封印を解放してどうするつもりだ……？　世界を滅《ほろ》ぼす力を手に入れるったって、なにをどうするつもりなんだよ……？」

「いろいろ一度に考えようとするな。余計混乱するだけだ」

ジェラルディンが、ザウエルの肩《かた》をぽん、と叩く。

「落ち着いて、いまなにをするべきか、なにが一番優先順位が高いかを考えろ。わからないことは、ひとまず無視して構わん」

「いま、一番最初にやらなけりゃならないこと……」

ザウエルは大きく息を吸い、ゆっくりと吐《は》く。

「……まず、ジェダを追うことだ。なにをどうするつもりか知らねぇが、邪竜を復活させるってんなら、目的地はオレたちと同じはずだしな」

目を閉《と》じ、可能な限り思考を単純化してゆく。

「ユリスを取り戻すためにも、ジェダに追いつかなけりゃ話にならねぇ……いや、待てよ。なにも追いかける必要はねぇぞ……」

ザウエルは顔を上げ、ジェラルディンを見る。

「テレポーターだ！　もしちゃんとテレポーターが起動してるなら、追いつくどころか先回りだって簡単にできるぞ！」

「ふむ、そうだな。この辺《あた》りからなら、人の足ならば三日はかかる。あのパーティにはマギテックやライダーもいたことを考えると、空を飛ぶ術を持っているかもしれんが……」

「だけどそろそろ夜だ。この場は離《はな》れてるだろうが、一度どこかで休憩《きゅうけい》するはずだぜ。オレたちほどじゃないにしても、あっちも消耗《しょうもう》しているはずだからな」

順番に状況を分析《ぶんせき》していくと、全体像も見えてくる。頭が、回転し始める。

「まったく……今回の冒険《ぼうけん》は空回りの連続だぜ」

思い返せば、ミスの連続だった。

まず、相手が知り合いの冒険者だからと油断していたこと。

次に、不意を打たれたこともあって、練技《れんぎ》を使うのを忘れていた。錬金術師《れんきんじゅつし》なのに、賦術《ふじゅつ》の存在も失念していた。どの魔剣を使えばいいかばかりに頭がいって、仲間に指示を出すこともできなかった。

（つたく、冒険に出たての初心者《ルーキー》かってんだよ）

渋《しぶ》い顔で、頭を掻《か》く。

「こうなったら、やることは明白だ。まず、オレはテレポーターの有無《うむ》を調べてくる。その間、ジェラはアリエル先生の手当をしてやってくれ」

「了解《りょうかい》だ。任せておけ」

「そして後は……次に備《そな》えて寝《ね》るだけだ」

ザウエルはそう告げると、即座《そくざ》に動く。

やることが決まれば、若き熟練冒険者は迅速《じんそく》だった。

ザウエルは水を得た魚のように、素早く探索《たんさく》を開始する。

まず見たのは、魔方陣だ。星形の図形には、その頂点に奇妙《きみょう》な短剣《たんけん》が突《つ》き立《た》てられ、赤く妖《あや》しい光を放っていた。しかし対処の仕方がわからないので、放置する。

次に、ジェダたちが出ていったであろう通路の確認。幸いにしてそちらにテレポーターはなく、外へ通じていた。出口周辺の探索も手早く終わらせ、飛空船《スカイシップ》が着陸していた痕跡《こんせき》も見つける。

そして一番肝心《かんじん》な、テレポーターのある部屋。これもまた、さほど時間をかけるまでもなく、ザウエルは見つけ出していた。

「——ジェラ、あったぜ。どうやら機能してるみたいだし、最低でも数世紀は誰《だれ》も足を踏《ふ》み入れてないらしい」

大広間に戻り、アリエルの治療《ちりょう》を続けていたジェラルディンに告げる。

「さすがに仕事が早いな」

「まあ、ひとりは慣れてるからな」

その言葉を聞いて、エルフの女騎士《きし》は立ち上がる。

「アリエルはもう大丈夫《だいじょうぶ》だ。あとは自然に目を覚ますだろう」

「……そっか。とりあえず、ひと安心だな」

見れば、アリエルは使《つか》い魔《ま》の黒猫《くろねこ》と一緒《いっしょ》に毛布《もうふ》にくるまれて、静かに眠《ねむ》っていた。呼吸も落ち着いているし、もう問題はなさそうだ。

「あとは、ゆっくり休んで疲労《ひろう》を少しでも抜《ぬ》いて、マナも回復させることだ。ジェラルディンも休んでくれ。オレは見張りをしてるから」

「いや──寝るのはおまえだ。ザウエル」

「え……？」

ジェラルディンが、剣《けん》の鞘《さや》で軽くザウエルの膝裏《ひざうら》を叩いた。すると驚《おどろ》くほどあっけなく、その場にすとんっと座り込んでしまう。

「あ、あれ……？」

「おまえもこの旅で、根を詰《つ》めすぎだ。少し休め」

「だけど……」

「たまには見張りがいる状態で、しっかりと熟睡《じゅくすい》しろ。こういうときのためにも、仲間はいるのだからな」

「仲間……か」

急激に、眠気《ねむけ》が襲《おそ》ってくる。立ち上がろうにも、手足が驚くほど重い。

ザウエルはこのとき初めて、自分が想像以上に疲労《ひろう》していることに気がついた。

3

「──ザウエル、起きろ」

頬《ほお》を冷たい指で叩かれ、ザウエルの意識はゆっくりと覚醒《かくせい》してゆく。

「ん……？　オレ、寝てたのか……？」

目を開ければ、そこは大広間とは違《ちが》う、別の部屋だった。

「三時間ぐらいだ。少しは疲《つか》れが取れたか？」

「そうか、そんなに……」

ジェラルディンが差し出した水袋《みずぶくろ》を受け取り、一口飲む。ぬるい水だったが、一気に体に染み渡っていく感じだ。驚くほど疲れも取れている。

「ここは……？」

石造りの部屋を見れば、遺跡《いせき》の中なのはわかる。同じ部屋に、アリエルもいた。毛布にくるまり、穏《おだ》やかな顔で寝ている。

「ジェラが、ここまで運んでくれたのか？」

「ああ。あまり広い場所では、見張りをするのも疲れるからな」

「……悪いな」

「フフ……弱者を守るのが、我《われ》らザイアの使徒の務めだ。気にするな」

（フル装備《そうび》のオレを担《かつ》いできたのか……？）

エルフの女性に言われると形無しだが、ザウエルもいまは素直に感謝しておく。

（運ばれても気づかないほど、熟睡するなんてな……）

ソロで冒険をしていたときでは、考えられないことだ。

「見張りを代わろう。ジェラも少し休んでくれ」

「ああ。もちろんそのつもりだ」

ザウエルが立ち上がるのを見届けると、ジェラルディンは襟《えり》に指を当て、鎧《よろい》を身を守る最小限のサイズまで小型化する。

「ザウエル」

「ん？　なんだ？」

「おまえはもっと、仲間のことを信頼《しんらい》したほうがいい」

「信頼……してないか？」

「ひとりが長かったから、遠慮《えんりょ》しているのかもしれんがな」

アリエルはとろんとした瞳《ひとみ》のまま、両腕《りょううで》でザウエルを抱《だ》きしめた。下半身には大蛇が絡まり、ぬめる感覚。上半身は、アリエルの豊満な体の柔《やわ》らかさ。本来ならば断固として抵抗《ていこう》するはずが、逆に力が抜けていた。

「あぁ、ザウエル様の血……たまらないの、この匂《にお》い……ステキ……」

がぶり。

絡みつかれ、抱きつかれた状態のままで、ザウエルは思い切りアリエルに噛《か》まれていた。痛みはもちろんあるが、その後の血を吸い出される感じがなんともたまらない。

「これは……よくないぜ、いろんな意味で……っ」

くたくたと、力が抜けそうになる。だがそこは、ぐっと我慢《がまん》した。とはいえ、当然血を吸われるのは止められない。

「ザウエル様、あぁぁ、ザウエルさまぁ…………っ」

「よくないんだが……うお……っ」

ラミアは特定の人族の男のところに住み着くこともある、そうは聞いていたが——ちょっとその男の気持ちが理解できそうなザウエルである。

「はぁ……おいしい……おいしいですぅ……」

「な、なんか結構な勢いで吸われてる気が……」

「あはぁ……もっと、もっとぉ……」

「なんだ、眠っちまったのか」

残念なような、安心したような、複雑《ふくざつ》な心境である。

「まったく、冗談《じょうだん》が過ぎるぜ……」

見れば、アリエルも穏《おだ》やかな表情で眠っていた。黒猫のニコも、その側《そば》で丸まって寝ている。

「……仲間、か」

アリエルの肩に、毛布をかけ直してやる。

「確かに……もっと、頼《たよ》りにしていかねぇとな」

ジェダには完敗し、女神ユリスは連れ去られてしまった。状況《じょうきょう》は限りなく絶望的だ。だが仲間がいるというだけで、絶望を紛《まぎ》らわすことができる。力が湧《わ》く。

だが、そんなことを考えていたとき——ザウエルは突然《とつぜん》、大蛇《だいじゃ》に絡《から》みつかれていた。

いや、厳密《げんみつ》には大蛇ではない。

それは、アリエルの下半身だった。

「ちょ、おい——」

思いがけない力に、ぐいっと引《ひ》き倒《たお》される。

「はあぁ……血……血が、足りない……」

「やめ——うおっ」

自分の寝床《ねどこ》の準備をしつつ、エルフの女騎士は言葉を続ける。

「おまえの持つ魔剣《まけん》の呪《のろ》いは、確かに厄介《やっかい》だ。だがたとえ呪いのせいでおまえに殴《なぐ》られても、私の鎧は貫《つらぬ》けない。たとえ力を弱められたとしても、私の体はくじけない」

「ジェラルディン……」

「そして、ザウエル。私はおまえを守ると誓《ちか》い、おまえの傷を癒《いや》すと約束した。だから思う存分、すべての魔剣を好きなように使え。魔剣がおまえを傷つけるなら、その傷はすべて、私が癒してやろう」

そこまで告げると、エルフの女騎士は毛布にくるまり、横になる。

「ジェラ、どうしてそこまで……」

「フフ。言っただろう？　おまえは兄以外で、初めて私に膝を突かせた男だと。だから誰《だれ》にも負けてほしくはないし、誰よりも強くあってほしい……つまり、そういうことだ」

「誰よりも、強く……」

「おまえは、本当はとてつもなく強いのだ。だから心配するな。だがもし、疲れ果て、心身共に癒しがほしいならば……いつでも私が慰《なぐさ》めてやるぞ」

「お、おい、それってどういう意味……あ」

思わず心拍数《しんぱくすう》が上がったザウエルだったが、気づけばジェラルディンは静かに寝息《ねいき》を立てていた。その寝顔《ねがお》は、まるでいつもの自分の寝床で寝ているかのように安らかだ。

全快《ぜんかい》するにはほど遠い。

「そうだ、アリエル先生は……」

「問題ない。銃撃《じゅうげき》を受けたショックで、気絶しているだけだ」

「そ、そうなのか……？」

冷静な騎士《きし》の言葉に、ある意味拍子抜《ひょうしぬ》けする。そんなザウエルを尻目《しりめ》に、ジェラルディンはアリエルにも癒しの魔法をかけた。

「アリエル先生……っ」

ザウエルは魔剣を鞘《さや》に収め、慌《あわ》てて駆《か》け寄《よ》る。抱《だ》き起《お》こせば、なるほど確《たし》かに傷は致命傷《ちめいしょう》と言うほどのものではなかった。癒しの魔法の効果もあって、いまは呼吸も穏《おだ》やかだ。ほっと、胸を撫《な》でおろす。

「あとは簡単《かんたん》な手当で十分だろう。私も、もうほとんどマナがない」

そう告《つ》げるジェラルディンも、鎧《よろい》の隙間《すきま》から鮮血《せんけつ》が滲《にじ》むほど出血していた。自分自身にも一度だけ癒しの魔法をかけ、鎧を軽装型に変形させる。

「ひとまず、全員生きてはいるな」

「ああ。だけど……ユリスが連れていかれちまった……」

その場に座り込み、ガンッと床《ゆか》を叩《たた》く。

「くそ……っ、どうすりゃいい……？」

そんな中、ザウエルの叫《さけ》びが響《ひび》き渡《わた》る。

「いますぐ追えば、まだ追いつけるかもしれねえんだ！　放せ――」

ガッ！

鈍《にぶ》い音が響き、ザウエルの体が吹《ふ》っ飛《と》んだ。ジェラルディンのパンチはほとんど不意打ち同然だったこともあり、戦士はバランスを崩《くず》して床《ゆか》に転がる。

「落ち着け、ザウエル・イエーガー」

「くそ……っ、落ち着けだと⁉　この状況《じょうきょう》で、どう落ち着けって言うんだよ⁉」

「こういう状況だからこそ、焦《あせ》るなと言っている」

徹底《てってい》して冷静な声で、ジェラルディンは告《つ》げた。だんだん増《ま》してくる頰《ほお》の痛みと、その言葉の冷たさに、ザウエルも少しずつ落ち着きを取《と》り戻《もど》してくる。

「いま、おまえひとりが飛び出してどうなる？　しかも自分で自覚している以上に、いまのおまえは重傷《じゅうしょう》だぞ？」

「う……」

言われてみれば、槍《やり》で突かれたせいか、左腕《ひだりうで》がまったく上がらなかった。しかも出血がひどく、急激《きゅうげき》に力が抜けていく。

「ザイアよ、この者を癒《いや》したまえ……」

ジェラルディンの祈《いの》りにより、全身の傷が癒され、傷口がふさがってゆく。だがそれでも、

「ちょ、ちょっと、アリエル先生……？　先生？」

「……………はっ⁉」

恍惚《こうこつ》とした表情で血を吸い続けていたアリエルも、ようやく目が覚めたらしい。しばらく状況が理解できていない様子だったが、すぐに自分が絡みついている相手が誰かと気づき、慌《あわ》てて身を離《はな》す。

「ザ、ザザザ、ザウエルさん⁉」

「よ、よお……」

干からびるかと思ったぜ――という言葉は、どうにか飲み込む。

「こ、ここは天国じゃないんですか⁉　わたしてっきり死んだと思って、ザウエルさん吸い放題最高とかって思って全力で吸っちゃったんですけど！」

「……残念なのか幸いなのか、先生は生きてるしここは天国じゃない。どちらかというと地《じ》獄《ごく》の一丁目ってとこだな」

「は、は、はうう〜〜っ、ご、ごごご、ごごめんなさいですぅっ。わたしてっきり、こんなこと現実にあるはずないと思って、ついつい思いっきり血を吸ってしまいました！　だ、大丈夫ですかぁ⁉」

「ま、まあ、どうにか……」

思ったよりずっと気持ちよかったです――などと素直な感想は言えないザウエルである。

「ああ、よかった……カラカラで回復できないぐらいまで吸っちゃってたら、どうしようかと……」

「は、ははは」

とりあえず、笑いは乾《かわ》いていた。

「それで……戦いはどうなったんですか？　女神様の姿も見えませんけど……」

「そっか、先生は戦闘《せんとう》の途中《とちゅう》で気絶してたもんな……」

「す、すみません……」

「いや、いいんだ。気にしないで」

死ぬほど恐縮《きょうしゅく》して頭を下げるアリエル先生を見て、ザウエルは慌てて両手を振《ふ》った。そしてざっと、ことの顛末《てんまつ》について手短《てみじか》に説明する。

「そんなことが……」

「……まあ、な」

「ごめんなさい……そんな大切なときに、全然役に立てなくて……」

「そいつは先生が気にすることじゃないさ。基本的には、全部オレの不注意や油断が招いたことだからな……」

「ザウエルさん！」

「え……？」

「あんまり自分を責めないでください……その、わたしが言っても気休めにもならないかもしれないけど……女神様はきっと無事だと思いますし、絶対に助けられると思います！　だから、元気を出してください！」

自分も不安で一杯《いっぱい》だろうに、アリエルはザウエルの手を取り、まるで天使のように純真な瞳で力づけてくれる。

「……本当に、アリエル先生が無事でよかった……」

天使は本当にいたんだ――心の底から、そう思う。

「あの……」

「いやその、ほら！　倒《たお》れたときは本気で死んだのかと思ったんだぜ？」

「あ……ごめんなさい。わたしも、死んだと思っちゃって……」

「は、はは。よほど当たり所が悪くなけりゃ、そうそう死んだりはしないよ」

「そう……みたいですね」

くすっと、アリエルは笑った。

「むしろ、傷が残らねぇか心配で……」

「ありがとうございます。でも、冒険者《ぼうけんしゃ》のみなさんが生傷絶えないことは知ってますし、これぐらいは覚悟《かくご》の上です」

「だけど、今回は無理矢理連れ出したわけだし……」

申し訳ない気分が、顔に出たのだろう。アリエルはザウエルの顔を真正面から見つめる。

「……ひょっとして、今回の冒険でわたしにかすり傷のひとつも負わせないつもりでいました？」

「え……？　いや、それは……」

「ダメですよ、ザウエルさん。め、です」

子供にするように、アリエルは人差し指を立てる。

「もしそんなことを考えてたんでしたら、わたしのことは気にしないでください。冒険に出ることになったときから、怪我《けが》をすることぐらい覚悟《かくご》できてますから」

「あ……」

そうか——改めて、ザウエルは気づく。

（ここでもオレ、仲間を信頼《しんらい》せず、無駄《むだ》に無理してたってわけか……）

「だけど、覚悟が足りませんでしたね。この程度で死んだと思って、気絶しちゃうなんて」

アリエルは自分で自分の頭をこつんと叩《たた》いた。それから肩《かた》をはだけて、自分の傷を確認する。

その瞬間《しゅんかん》、首から肩にかけてと、深い胸の谷間が見えたので、ザウエルは思わずドキッとなった。けれどすぐに、魅惑《みわく》の素肌《すはだ》は服の下に隠《かく》れてしまう。

「それに、最初は無理矢理だったけど、いまは結構この旅を楽しんでいるんですよ？」

「……え？」

「わたし、ラミアだから……あんまり、ひとつの街に長くはいられないんです。人族のみなさんの血をいただかないと生きていけないけど、正体がばれたら殺されちゃうかもしれないし……だから疑われる前には、引《ひ》っ越《こ》すようにしてたんです」

「……なるほどな……」

「もちろん、わたしたちは蛮族《ばんぞく》だから、人族を捕《と》らえて奴隷《どれい》にして、血液を安定供給するグループもいたんですけど……わたし、人族の人をそんな風には扱《あつか》えなくて……」

「損な性分だな」

「ううん、わたしはよかったと思ってます。そうでなければ、ザウエルさんにも会えなかったわけだし……」

そう言って、アリエルは頬《ほお》を染《そ》めると恥《は》ずかしそうに顔を伏《ふ》せる。

（うは、たまんねぇ……っ）

男なら誰《だれ》でも、思わず抱きしめたくなるような——あるいは押《お》し倒したくなるような仕草だったが、ザウエルは相手の下半身が蛇《へび》のままなのを見て、どうにか理性を取《と》り戻《もど》す。

「あ、ユリス様にも感謝してるんですよ？　わたしのことラミアだとわかった上で仲間に誘《さそ》っていただいて……最初はどうなるかと思ったけど、やっぱり仲間っていいですね」

「お、おう……」

なんだかんだで求心力あるな——改めて、女神のことを見直してみる。

そしてラミアというだけでひっそりとひとりで暮《く》らしていたアリエルに、ザウエルは妙《みょう》に共感を覚えるのだった。

「絶対絶対、女神様を助け出して、邪竜《じゃりゅう》を封印《ふういん》して、世界を救いましょうね！」

まったく邪気《じゃき》のない真剣《しんけん》さで、アリエルは両手の拳《こぶし》をぎゅっと握《にぎ》りしめる。まったくもってラミアであることが残念でしょうがない。

（種族の壁《かべ》、超《こ》えちまおうかなぁ……）

思わずアリエルの吸い込まれそうに大きな瞳《ひとみ》を見つめ、アリエルもまた潤《うる》んだ瞳でザウエルを見つめ返した瞬間《しゅんかん》——がばっとジェラルディンが身を起こし、ザウエルを指差す。

「私は断じて認めんぞ！」

「は、はいっ⁉」

「ふふ……その耳が兄に似《に》ている……むにゃむにゃ……」

ばたり。

「ね、寝言かよ……」

わけのわからないことだけ口走り、ジェラルディンは再び毛布にくるまって、気持ちよさそうに寝息を立てていた。

ザウエルの心臓はバクバクと音を立て、アリエルを見れば、涙目《なみだめ》になって腰《こし》——はなさそうだが——を抜《ぬ》かさんばかりにへたり込んでいた。黒猫《くろねこ》までひっくり返っている。

「ま、まあ、まだいくらかは消耗《しょうもう》してるだろうし、もうちょっと寝たほうがいいな。うん」

「そ、そうですね、そうします……」

「はは、ははは」

「あ、あはは……では、お言葉に甘《あま》えて……おやすみなさい」

アリエルは真っ赤な顔で、毛布にくるまった。しばらくもじもじと尻尾《しっぽ》の先が「の」の字を書いていたものの、やがて動かなくなって寝息が聞こえてくる。

「やっぱ、まだまだ疲《つか》れてるよな……」

ザウエルは小さく笑《え》みを浮《う》かべ、尻尾の先まで毛布をかけてやる。

「あー……さっきはびっくりした……」

ユリスが見ていたら、跳《と》び蹴《げ》りのひとつも飛んできていただろうか。誰かに噂《うわさ》でもされたかのように、くしゃみが出る。

「ちょいと冷えるな……」

石造りの遺跡《いせき》は、うっかりすると体温を奪《うば》われる。だから、ザウエルも外套《がいとう》をしっかりと羽織《はお》った。

「だけど……仲間か。やっぱ、悪くないもんだな」

腰にある三本の魔剣《まけん》に、手を置く。それから、胸に吊《つる》した聖印《せいいん》を握った。

（ユリス……）

神を信奉《しんぽう》する者は、聖印を通じて神にマナを送る。それらが集まって、神の力を形成しているのだと、信じられていた。

だからザウエルは、聖印を握って祈《いの》る。少しでも、想いが届くように。

（必ず……助け出してやるからな）

そして胸の中で、小さくつぶやいた。

4

ぐにゃんと、空間が歪《ゆが》む感覚。

重力がなくなり、前後も上下もわからなくなる酩酊感《めいていかん》。

七色の光が渦《うず》を巻《ま》き、一気に通り抜けてゆく。

そしてほんの一瞬《いっしゅん》なのか、それともとても長い時間なのかわからなくなったとき。

ザウエルの体は石造りの部屋の一角に現れていた。

「お………？」

まず、自分の両手を見る。それから自分の顔を触《さわ》ってみた。

「すげぇ、ちゃんとテレポートしてるぞ……！」

振《ふ》り返《かえ》れば、ジェラルディンとアリエルもいた。全員、テレポーターに飛び込んだときから特に変化はない。

「ふわわ～、め、めまいがひどいですぅ」

「とりあえず、無事に飛べたようだな」

フラフラしているアリエルとは対照的に、ジェラルディンはいつもと変わらない足取りで魔方陣《まほうじん》の外へと出る。

「ちゃんと機能してて助かったぜ……女神様、ちゃんと起動しといてくれたんだな」

ザウエルは手早く周辺を調べ、すぐに出口を見つけた。石造りの重い扉《とびら》をジェラルディンと二人がかりで押し開ければ、意外にもそこはすぐに外だった。

「……地殻《ちかく》変動で、壊《こわ》れたんだな……」

扉の外の通路は崩壊《ほうかい》し、山の斜面《しゃめん》にぽっかりと穴《あな》を開けていた。テレポーターのある部屋が無事だったのは、奇跡《きせき》のようだ。

「これも、女神様の加護《かご》ってやつかな」

「かもしれん」

外の空気を大きく吸い、再び様子を確認する。

「わぁ……すごく高いところまで来ましたね……」

少し遅《おく》れて外へ出てきたアリエルが、斜面の下を見て感嘆《かんたん》の声を洩らす。

見れば、本当にそれは絶景だった。

まだ東の空が明るくなり始めたばかりの早朝ゆえ、陰影《いんえい》が濃《こ》い。だがその景色《けしき》は、ザウエルにとっても初めて見る風景だった。

ほぼすべての山が見下ろせるため、尾根《おね》の連なりがはっきりと見える。雲が低くたなびき、遠景はぼやけていたが、山間にはフォルトベルクの街も見えた。

遠く南には海も見え、遥《はる》か東にはカルゾラル高原が霞《かす》んでいる。

そして山頂方向を見上げれば、もうすぐ側《そば》から噴煙《ふんえん》が上がっているのが見えた。テレポーターのあった施設《しせつ》は、かなり火口に近い場所だったのだ。

「テレポーターがなけりゃ、何日かかってたことか……」

概算《がいさん》で三日、などと思っていたが、とても無理だっただろうことがいまならわかる。

「それで、目的地はわかるのか？」

「うーむ……一度来てるはずだから、着けばわかると思ったんだが……」

「来たことがあるんですか？」

「以前、兄貴とな。そのときは兄貴の飛空船に勝手に乗ってついていっただけだから、道筋もなにもわからねぇんだが」

「お兄さんがいるんですか……？」

「正確にはいいた、だな。前回ラズアロスが復活しそうになったとき、ここで兄貴が〝神格招来《コール・ゴッド》〟して、封印したんだ」

「あ……ご、ごめんなさい……っ」

「謝《あやま》る必要はねぇさ。昔《むかし》の話だしな」

そう答えつつも、泣きそうな顔のアリエルを見るとちょっと困ってしまう。

「とにかくそんなわけだから、もう少し上まで上ってみればわかると思うんだ。最悪、ジェダたちが飛空船でやってくるのを待《ま》ち伏《ぶ》せしてもいいしな」

ザウエルはそう告げると、山頂方向目指して歩き始めた。空気も薄《うす》く足場も悪いためにすぐに呼吸が荒《あら》くなるが、耐《た》えられる範囲《はんい》内だ。

「アリエル先生、大丈夫《だいじょうぶ》か？」

「は、はい……はぁ……大丈夫……はぁ……です……」

三人の中で一番体力の低いアリエルが少し辛《つら》そうだったが、それでもしっかりとついてきていた。そんなザウエルたちを追いかけ、追《お》い越《こ》すように朝日が昇《のぼ》りだす。

「ザウエル！」

そんなとき、珍《めずら》しくジェラルディンが鋭《するど》い声を出した。ザウエルは振り返り、女騎士《きし》がしゃがむのを見てすぐにそれに倣《なら》う。

「……どうした？」

「飛空船だ」

「なに!?」

ジェラルディンの言葉に、ザウエルの顔にも一気に緊張《きんちょう》の色が増《ま》した。アリエルもすぐに、二人の側にしゃがみ込む。

「朝日を背に飛行している……来るぞ」

「うお……っ⁉」

ジェラルディンにずいぶんと遅れて、ザウエルも空を行く船の姿を見つけていた。

逆光のせいもあるが、距離《きょり》はまだ遠かった。ジェラルディンが声を出したときは、ほんの小さな影《かげ》だっただろう。改めて、エルフの視力に驚《おどろ》かされる。

だがすぐに、特別な視力がなくても見えるようになっていた。飛空船はかなりの速度でピグロウ山の火口目指して飛んでおり、ぐんぐんと大きくなっていたからだ。

「小型のスカイシップ……あれがジェダの船か」

かつて兄が持っていたものとよく似ていた。一見すると中型の川船のようだが、船底は平べったく、その中心には浮力《ふりょく》を生み出している球形のコアが見える。上側は前半分がガラス張りになっていて太陽を反射してきらめき、その後ろに広げられた帆《ほ》は風を受けて船体を押していた。

「日の出と共に動いたか……さすがに迅速《じんそく》だな」

「……だな。抜《ぬ》け目《め》のねぇ野郎《やろう》だ……」

いかに空を自在に飛ぶスカイシップであっても、視界は操縦者の目視に頼《たよ》らざるをえない。

たとえ夜目が利《き》く種族だったとしても、噴煙《ふんえん》を上げる火山の火口を目指し、夜中に飛ぶのは危険《きけん》が伴《ともな》う。

となれば朝日と共に飛ぶのが、一番早くて確実ということだ。その選択《せんたく》をしたということは、ジェダに油断がない証左《しょうさ》と言えるだろう。

「あそこに、女神様が……」

「ああ……間違《まちが》いない……」

ザウエルは聖印に手を当て、頷《うなず》く。

正式な神官ではない彼には、女神の声を聞くことはできない。その威光《いこう》を感じることはできない。

けれど、いまはなぜか確信が持てた。あの飛空船の中にユリスがいて、そして助けを待っているということを。

「急ごう！　いまならまだ追いつけるはずだ！」

ザウエルは迷わず、駆《か》け出《だ》そうとした。

だが意外なことに、そんな彼の前にアリエルが立ちはだかっていた。

「待ってください、ザウエルさん」

「アリエル先生……？」

「昨日の夜から、わたしなりにいろいろと考えてみました。ここまでは、ただみなさんについていくばっかりで、少しでも迷惑《めいわく》をかけないようにするだけで精一杯《せいいっぱい》でした。だけど、そんなんじゃやっぱり、ただのお荷物なんです……」

ぎゅっと杖《つえ》を握《にぎ》りしめ、伏《ふ》せていた顔を上げる。

「だから、一生懸命《いっしょうけんめい》考えました。わたしにできること、わたしにしかできないこと。どうして女神様が、わたしを旅の仲間に加えてくださったのかを……」

そこまで告げると、アリエルは呪文《じゅもん》を唱《とな》え始めた。決して素早くはないが、確実で堅実《けんじつ》な呪文の詠唱《えいしょう》。そして杖《つえ》の先を、ザウエルの肩《かた》に当てる。

「真《ヴェス》、第十階位《ツェンド・ア・ザル》の動《ウヴェール》。解放《ゴルド》、重力《スカーム》、疾走――飛行《ファーフレスト》」

「お………？」

ザウエルは自分の体が、急激《きゅうげき》に軽くなるのを自覚した。それどころか、少し地面を蹴《け》っただけで、体がふわりと浮き上がる。

「これは……〝飛行《フライト》〟の魔法《まほう》か！」

「……そうです。わたしはいままで学んできた魔法を、改めて全部確認しました。攻撃魔法《こうげきまほう》だけじゃなく、守りの魔法、幻影《げんえい》を造り出す魔法、道具を呼び出す魔法、探索《たんさく》に役立つ魔法……そうしたものが、必要なときに確実に、的確《てきかく》に使えるように……」

真剣《しんけん》な眼差《まなざ》しで、アリエルはザウエルを見る。

「そしてこの〝飛行〟の魔法を使えば、一時間だけ、自由に空が飛べます。山中の探索には不向きかもしれないけれど、いまなら役に立ちますよね？」

「そりゃあ……そりゃあ、いまの局面でこれほど役に立つ魔法はねぇさ！　空が飛べるなら、足場の悪さも問題ない！　なにより、直線で追える！」

「私にも、それを頼《たの》めるか？」

「はい、もちろん！」

ジェラルディンの問いにも、アリエルは元気よく答える。

そしてジェダの飛空船が山頂の岩陰《いわかげ》に消えていくのと反対に、ザウエルたちは全員地面を蹴り、空へと飛び上がっていた。

5

「――ほう、ここが封印《ふういん》の地か」

飛空船から降り立ったジェダは、周囲を見回して笑《え》みを浮《う》かべる。

そこは、不思議な場所だった。

噴煙《ふんえん》を上げる火口のすぐ近く。台座のように広がった岩場があった。

その中央には、巨大《きょだい》な魔《ま》方陣《ほうじん》がある。遺跡《いせき》の中で見たものの、何倍もの大きさだ。

それが巨大な封印の魔方陣だということは間違《まちが》いない。中央には剣《けん》が突《つ》き立《た》ち、星形の図形の頂点には五本の斧槍《おのやり》が突き立っていた。

本来なら、火山灰などが降り積もっているはずだ。だがこの石舞台《ぶたい》はまるで昨日作られたかのようにきれいなままだった。埃《ほこり》すら積もっていない。

「封印は生きているようですね」

そう言ったのは、女戦士のヨーレだ。その手には、縛《しば》られたユリスがいる。

「当たり前だ。わたしの施《ほどこ》した結界ぞ。生きておるに決まっておろうが」

「まあ、ルカスの〝神格招来《コール・ゴッド》〟があったからこそ、だがな」

「ぬ……」

ジェダの皮肉に、女神は眉根《まゆね》を寄せる。

「なあ、ジェダ。コイツさっさと殺しちまおうぜ。コイツが本当に女神だっつんなら、死んだらマジでタビットになるのか見てみてぇんだよ」

タビットのフレドリックが、ユリスの脇腹《わきばら》に銃口《じゅうこう》を押しつける。タビット族の間では、神々の戦争で死んだ神の転生体が、自分たちタビットなのだというのが有力な説として考えられているのだ。だが真偽《しんぎ》を確《たし》かめた者はいない。

「悪いなフレッド。今回はこいつにも役目があるんでね。終わるまで待ってくれ」

「わかってるよ」

そう答えつつ、タビットは唾《つば》を吐《は》く。

そんなとき、朝焼けの空に幾筋《いくすじ》かの光が走った。それはピグロウ山やその周辺へと落ち、爆発音《ばくはつおん》と震動《しんどう》を山頂にまで伝えてくる。

「ははは。封印が解ける予感に、喜んでやがるのかな？　なかなか盛大《せいだい》な花火じゃねぇか」

凶暴《きょうぼう》な笑みを浮かべたまま、ジェダは封印の魔剣《まけん》と五本の短剣《たんけん》を取り出す。

「さあ、始めようか。こんな花火とは比べものにならねぇ、世紀のショーをな」

ゆったりとした歩調で、銀髪《ぎんぱつ》のナイトメアは魔方陣へと踏《ふ》み出す。そして魔剣を引《ひ》き抜《ぬ》くと、星形の頂点に立つ斧槍を叩《たた》き折った。

「や、やめよ！　貴様、本気で邪竜《じゃりゅう》を制御《せいぎょ》できると思うておるのか!?」

「言っただろ。ちゃんと準備をしてきたって。それにな。俺はできるかできないかわからねえようなものほど、ワクワクしちまう性分《しょうぶん》なんだわ」

「ば、馬鹿《ばか》な！　そんな貴様の身勝手で、世界を破滅《はめつ》へ導《みちび》く気か!?」

「ははは。心配するなよ。成し遂《と》げる自信があるからやってんだ。世界は破滅《はめつ》しねぇよ」

ジェダは女神の顎《あご》を摑《つか》み、その顔を覗《のぞ》き込む。

（ザウエル……）

ユリスはぎりっと奥歯《おくば》を嚙《か》む。そんな女神の様子に、ジェダは再び残忍《ざんにん》な笑みを浮かべた。

「ザウエルのやつが来るのを期待してるなら、難《むずか》しいんじゃねぇか？　あの遺跡からここまで、人間の足なら五日はかかるぜ」

「く………っ」

テレポーターをうまく使ってくれれば——ユリスは、そこに一縷《いちる》の望みをかけていた。

だが。

(いい加減に見えて、この男の堅実ぶりはどうだ……ザウエルたちを撃退《げきたい》し、もはや追う者もおらぬような状況《じょうきょう》で、まるで時間を無駄《むだ》にしない迅速《じんそく》な行動……しかも、まだ夜も明け切らんうちから船を出すなど……)

ジェダが飛空船を出すよう命じたのは、まだ夜明け前だった。当然ピグロウ山は黒々とした闇《やみ》に包まれ、とても山頂を目指して飛べるような状況ではなかった。なのに十分な休息を取り終えると、躊躇《ちゅうちょ》なく離陸《りりく》したのだ。

(この女、どうやら人間ではないようだが……)

ヨーレを見上げ、眉根《まゆね》を寄せる。人間にしては、妙《みょう》な違和感《いわかん》がある。

「諦《あきら》めな、女神様。もうどうあがいても、俺たちの勝ちだ」

キンッと、二本目の斧槍も折られる。そこへ代わりに、持ってきた魔法の短剣を突き立てていく。

小封印と同じように、魔方陣は徐々《じょじょ》にその姿を変容させつつあった。しかも今度は、タビットの魔動機師も手伝い、魔方陣に新しい文字を書き加えている。

(せめてこの戒めを解き、汝《いまし》、魔剣《キルヒアイゼン》さえ取《と》り戻《もど》せば……)

魔方陣の中心に突き立つ、魔剣キルヒアイゼン。そこには、神としての力を蘇《よみがえ》らせるだけの魔力《まりょく》が秘められているはずだ。だが目と鼻の先だというのに、拘束《こうそく》された身では世界の裏側ほども遠く感じられる。

「ゾクゾクしてくるよなぁ、もう少しで神をも食い殺す古代竜が出てくるのかと思うとさ」

三本目の斧槍も、折り砕《くだ》かれる。その都度短剣が突き立てられ、魔方陣は変容していった。邪竜を封印するものから、解放するものへ。それも完全な解放ではなく、邪竜を支配するためのものへ。

(もはや、ここまでか……)

もう、魔方陣は封印として役には立たない。だから、ユリスは覚悟《かくご》を決めたように拳《こぶし》を握《にぎ》りしめる。

(神格を、解放する――)

体内の魔力を抑《おさ》え込む拘束具《こうそくぐ》のせいで、どれほど力が引き出せるかわからない。だが、もはやユリスには他に手段がなかった。

バキィン……ッ。

ジェダはついに、五本目の斧槍を砕く。

いよいよ魔方陣は変容し、赤く妖《あや》しい光を放ち始めた。もはや邪竜を封《ふう》じているのは中央の魔剣キルヒアイゼンひと振《ふ》りとなり、石舞台全体がギシギシと軋《きし》み始める。

「フレッド、準備はいいか?」

「ああ、ジェダ。完璧《かんぺき》だよ」

「じゃあ女神様。ここらでお別れだ」

「なに……？」

ジェダを振《ふ》り返《かえ》った瞬間《しゅんかん》だった。

腹に、猛烈《もうれつ》な熱さが広がる。そして見下ろせば、そこには女神の信者が作ったという魔剣
――ユリスレイターが突き立っていた。

「ぐ……が……っ」

「女神様の力を、魔剣に吸い取らせていただく。この魔剣を作った連中も、さぞやあの世で喜んでいるだろうぜ」

「きさ……ま……っ」

解放しようとした力が、抜けてゆく。

ユリスが感じているのは、魔剣による傷の痛みではなかった。体内から神としての力が吸い取られていくような、そんな奇妙《きみよう》な不快感――己《おのれ》の存在そのものが吸い出される気持ちの悪さが熱となって全身を冒《おか》していた。

「馬鹿《ばか》な……はぁっ、う……ひぐ……っ」

もはや、全身に力が入らない。そんな女神を見て、ジェダは嗜虐心に満ちた笑みを浮かべている。

「こんなところかな……?」

「お、おのれ……………っ」

ズ……ッと、魔剣が引き抜かれる。不思議なことに血は溢《あふ》れなかったが、もう女神は立っていられなかった。その場にぐらりと、くずおれる。

「さあ、いよいよだ」

石舞台の震動が激しくなり、魔方陣が明滅《めいめつ》する。

そして真ん中にある魔剣を中心に、異変《いへん》が起こり始めた。

ゆっくりと、なにかが出てくる。それは緑の鱗《うろこ》に覆《おお》われた、巨大《きょだい》な生物だ。

「こいつが、邪竜………っ」

ヨーレが、ごくりと唾《つば》を飲む。落ち着かなげに、フレドリックが銃《じゅう》を握った。

まだ実体化するのに手間取っているのか、どこかぼやけて輪郭《りんかく》がはっきりしない。だがそれでも、巨大な二つの目玉だけは見えた。真紅《しんく》に染まる、凶暴そうな目。

次に現れたのは、巨大な手だ。そいつは凄《すさ》まじい勢いで、ジェダたちのほうへと伸《の》びてくる。

「ぬ……!?」

咄嗟《とっさ》に、ジェダたち三人は飛《と》び離《はな》れていた。縛《しば》られ、うずくまっていた女神だけが、その場に取り残される。

「へへ……生《い》け贄《にえ》をさっそく喰《く》らおうってのか……」

フレドリックが、少し震《ふる》える声でつぶやく。だがその横に立つジェダは、珍《めずら》しく怪訝《けげん》な表情をしていた。

「この気配……どういうことだ？」

「——こういうことだよ、ジェダ！」

銀髪のナイトメアが違和感《いわかん》に気づいたとき——巨大な竜の手は霞《かすみ》のように消え去っていた。

そしてそこに現れたのは、女神を抱《かか》え上げた戦士の姿。

「〝幻影《イリュージョン》〟だとッ⁉」

タビットがつぶらな瞳《ひとみ》を、いっそう丸くする。

「……クソッ。どうりで安っぽいと思ったんだよ」

ジェダは苛立《いらだ》ちを隠《かく》しもせずに舌打ちした。

忌々《いまいま》しげに、眉根を寄せる。

「まさかもう追いついてくるとはな……ザウエル」

「うちの大事な女神様は、返してもらうぜ」

戦士は手早く拘束している革ベルトを外すと、女神を抱えて石舞台の床《ゆか》を蹴《け》った。その体が、魔《ま》法《ほう》の力でふわりと浮く。幻覚《げんかく》の魔法に騙《だま》され、うっかり距離《きょり》を取ってしまったジェダたちでは、追いすがれない。

「そなた……本当に、ザウエルなのか……？」

「待たせたな。しっかり摑まっててくれよ」

「ザウ……っ」

弱々しい力で、女神はぎゅっと戦士の体にしがみつく。

ザウエルもまた、その小さな体をしっかりと抱《だ》きしめた。

6

「考えたな、ザウエル。まさか儀式《ぎしき》に合わせて、邪竜復活のイリュージョンショーを見せられるとはよ」

すっかりと元の姿に戻った石舞台を見やり、ジェダは皮肉な笑みを浮かべる。

「だが……残念ながら、少し遅《おそ》かったようだぜ？」

ジェダのその言葉を肯定《こうてい》するように、石舞台の震動はますます激しさを増していた。魔方陣の明滅も強さを増し、今度こそ本当に限界が近づいているのは間違《まちが》いない。

「もうその女神も用済みだ。せいぜい指をくわえて見物しているがいい」

銀髪のナイトメアは、魔剣《ユリスレイター》を構えて魔方陣に相対した。もはや、封印《ふういん》が破られるのは時間の問題だろう。

「ジェダの野郎《やろう》……ユリス、おまえは大丈夫《だいじょうぶ》か⁉」

ザウエルは少し離れた岩陰《いわかげ》に着地した。すぐにそこへ、待ち構えていたアリエルとジェラルディンも駆《か》け寄《よ》ってくる。

「……来るのが遅《おそ》いわ、このウスノロめが……助けに来るなら、もっと早うせんか」

「それだけ減らず口が叩けるなら、どうにか大丈夫そうだな」

「無事でよかったですぅ……すっごく心配で……」

「……あまり無事でもないがな」

「ジェラ、傷の手当てを」

「任《まか》せておけ」

エルフの女騎士《きし》は、手早くザイアへの祈《いの》りを捧《ささ》げ、癒《いや》しの魔法をかける。だが、ユリスの苦しげな表情はより険《けわ》しくなりこそすれ、和《やわ》らぐことはない。

「ユリス!?」

「……そう深刻な顔をするな。まるでいまにも死ぬみたいではないか」

「おまえ、本当に大丈夫なのか!?」

「あまり大丈夫ではないが……ザウ、急ぎこの場を離れよ。もう、邪竜の封印はいくらも持たん」

「やっぱ、そうなのか……?」

「ジェダはわたしの魔《ま》剣《けん》の模造品で、邪竜を支配し、己の意のままにしようという魂胆《こんたん》だ。

そのために、ずいぶんとわたしの力も奪《うば》われた……ええい、忌々《いまいま》しい」

「邪竜を意のままにするなんざ、マジで可能なのか……？」

「普通《ふつう》に考えれば、無理だ。我ら古代神ですら封じ込めるしかなかったものを、人の手でどうにかできるわけがない」

「……だよな。じゃあやっぱ、ジェダを止めるしか——」

ドンッ！

そんなとき、凄《すさ》まじい震動《しんどう》が周囲を襲《おそ》った。

猛烈《もうれつ》な揺《ゆ》れに、立っていることもできない。ザウエルたちは咄嗟《とっさ》に地面に伏《ふ》せ、なにが起きたのか視線を巡《めぐ》らす。

「ザウエルさん、あれ！」

「うお…………っ」

アリエルの指摘《してき》で空を見上げれば、無数の隕石《メテオ》が空を横切っていった。その数は、これまで見たものとは比較《ひかく》にならないほどに多い。

「火山の活動も、活発化しているな……」

「らしーね、どうも……」

ジェラルディンの指摘通り、火口の煙《けむり》が明らかに量を増していた。

「噴火《ふんか》したら、オレたちなんて一巻の終わりだぜ……」

小刻《こきざ》みな揺れは、収《おさ》まることなく続いていた。そして彼らの目の前で、唐突《とうとつ》に巨大な竜が鎌首《かまくび》をもたげる。

「な――――!?」

ギガアアアアアアアアアアアアアアアアアアアアアアアッ!!

凄《すさ》まじい咆吼《ほうこう》が、ピグロウ山の山頂――いや、周囲の山々すべてに響《ひび》き渡《わた》る。

「蘇《よみがえ》っちまったのか……邪竜ラズアロス……っ」

今度は、アリエルの作った幻影《げんえい》ごときチャチな姿ではなかった。

遺跡《いせき》で見た守り手のドラゴンが、まるで赤子《あかご》のように思えるほどに巨大な頭。耳どころか全身で聞こえるほどの咆吼。

まるで山そのものが隆起《りゅうき》したかのように、真紅のドラゴンが魔方陣《まほうじん》から姿を現そうとしていた。だがその全身は無数の鎖《くさり》によって戒《いまし》められており、まだしも動くのは首から先だけのようだ。

「封印が、まだ多少は生きているようだが……」

ユリスは邪竜の姿を見て、大きく息を飲む。だがその鎖も次々と引きちぎられ、弾《はじ》け飛び、そういつまでも縛《しば》りつけてはおけないらしい。

「ははははははははは！　こいつはスゲェ！　これほどのものとは思わなかったぜ！」

巨大な竜《りゅう》を前に、それでもジェダは大声で笑っていた。

「こいつを支配できたら、そりゃあ国のひとつなんざ簡単に滅《ほろ》ぼせそうじゃねぇか！」

「ジェダ、あいつ……」

ザウエルは岩場を上り、石舞台《ぶたい》を見下ろす。

まだ肩《かた》の辺《あた》りまでしか姿を見せていないにもかかわらず、邪竜の頭頂部は城壁《じょうへき》を見上げたときのように高い。とても、人間にどうこうできるとは思えない巨大さだ。

「こ、こ、これが世界を滅《ほろ》ぼす邪竜ですかぁ……」

アリエルなど、まるで腰《こし》が抜《ぬ》けたようにへたり込み、恐怖《きょうふ》のあまり涙目《なみだめ》になっていた。ジエラルディンも、ただじっと見上げるのみだ。

「……これは……噂《うわさ》に聞いた〝滅びのサーペント〟に匹敵《ひってき》する化《ば》け物《もの》かもしれんな……」

「こんなもん、人の手には負えねぇぜ……」

巨大な竜は、戒《いまし》めの鎖を引きちぎろうと身をよじる。そのたびに激痛《げきつう》が走るのか、唸《うな》るような吠《ほ》え声をあげた。

「背中に……ドラゴンの背中に、女神様の魔剣が刺《さ》さってます……」

「封印の魔剣……あんなところに……」

アリエルの指摘通り、女神ユリスカロアが施《ほどこ》した封印——その中心となる魔剣は、いまや巨大な邪竜の背中に突《つ》き立《た》っていた。そして戒めを解こうと暴れるたびに、そこから大量の血液を噴《ふ》き出している。

「なんだか、かわいそう………」

「かわいそう……？」

思いがけない言葉に、ザウエルはアリエルを振《ふ》り返《かえ》る。

「ザウエル、気をつけろ！」

そんなとき、ジェラルディンが警告の声を発した。すぐに巨竜を振り仰《あお》げば、大きく息を吸うところだった。そして目の前の矮小《わいしょう》な生き物に身の程を知らせるためか、家さえ丸呑《まるの》みしそうな顎《あぎと》を開く。

「ジェダ！」

「……狙《ねら》うところが違《ちが》うぜ、デカドラゴン！　見せてもらおうか、おまえの放つ灼熱《しゃくねつ》の炎《ほのお》を！」

ジェダは魔剣を振り上げ、背後に連なる山脈《さんみゃく》の、その一角を指し示した。すると邪竜は緩《ゆる》やかにそちらへ頭を向け、次の瞬間《しゅんかん》炎を吐《は》く。

「な――――!?」

猛烈《もうれつ》な熱波と衝撃波《しょうげきは》が、岩陰にいたザウエルたちにも襲《おそ》いかかる。そしてもはや高熱化しすぎた炎は白光となり、一直線に山のひとつへと走る。

直後、小さめの山の山頂部に、閃光《せんこう》と爆発《ばくはつ》が起こった。しばらくしてから凄まじい爆発音が響き、爆煙と共に無数の土塊《つちくれ》や岩塊《がんかい》を撒《ま》き散《ち》らす。

「な、なんつー威力《いりょく》だ……！」

もうもうたる煙のせいではっきりと視認はできなかったが——明らかに、山の形が変わっていた。恐《おそ》らくその一撃《いちげき》だけで、街ひとつぐらいは壊滅《かいめつ》できるだろう。

だが驚《おどろ》くべきは、それほどに凄まじい力を持つ邪竜を、ジェダがコントロールしてみせたことだった。

「はは！　はははは！　なんだよ、かわいいヤツじゃねぇか！　さあ、神をも殺す古代の竜よ！　俺に従え！　おまえの主は、この俺様だ！」

ジェダが、高らかに叫《さけ》び、魔剣を再び振り上げる。

それに呼応して、魔方陣が輝《かがや》いた。石舞台から伸《の》びる鎖が邪竜を締《し》めつけ、まるでひれ伏すようにその頭を地につける。

「まさか、本当に支配できるのか……？」

ザウエルもいまはただ、驚愕《きょうがく》するしかなかった。あまりの衝撃《しょうげき》に、思考まで停止してしまう。

「さあ、封印を引きちぎり、その姿をすべて現すがいい！　おまえはもう、俺のものだ！」

ジェダの言葉に従うように、巨大な竜は再び大きく咆吼した。両腕《りょううで》を突《つ》っ張《ぱ》り、鎌首《かまくび》をもたげ、身をよじる。だが、戒めの鎖は易々《やすやす》とはちぎれず、邪竜の体を締《し》めつけた。

「どうした、おまえの力はそんなものか!?　世界を滅ぼす力とやらは評判倒《だお》れか!?」

支配の魔剣を振るい、ジェダは無理矢理封印を破壊《はかい》させようと命令を下す。

邪竜は再び咆吼し、身をよじった。だが封印の魔剣《キルヒアイゼン》はそれを許さないのか、突き立った背中から大量の血液が溢《あふ》れた。苦しそうに巨竜は吠《ほ》える。

「ひどい……っ」

アリエルが、泣きそうな声で言った。いや、実際泣いていた。

しかしそんな優《やさ》しい感情など吹き飛ばすように、邪竜は叫び、大きく息を吸う。

「まさか——」

ザウエルはすぐに、ジェダを見た。直後、閃光と衝撃波。

「うお…………ッ」

邪竜は立て続けに口から超絶《ちょうぜつ》な熱量を秘めた息《ブレス》を吐き出していた。それらは次々と周囲の山に着弾《ちゃくだん》し、轟音《ごうおん》と爆煙《ばくえん》を巻き上げる。

「ジェダ、テメエ——」

「はは……ヤベェなこいつは……」

轟音と咆吼で、ジェダの言葉はほとんど聞こえなかった。だがザウエルはすぐに、その表情から事態を悟《さと》る。

「制御《せいぎょ》できてねぇんだな、いまのは……」

見れば、ジェダは右手を押さえて脂汗《あぶらあせ》を流していた。なにが起きたのか、その手から支配の魔剣は離《はな》れ、石舞台に落ちている。

「邪竜の抵抗力《ていこうりょく》が強すぎて、それを抑《おさ》え込もうとした魔剣が猛烈に加熱したんじゃないでしょうか……」

「やっぱ人間の手に負えるもんじゃねぇってことか……」

アリエルの推論に、ザウエルも脂汗を拭《ぬぐ》う。

「ギガアアアアアアアアアアッ‼」

そして、鼓膜《こまく》を破らんばかりの絶叫《ぜっきょう》。

邪竜は、もはや完全に狂乱状態《きょうらんじょうたい》に陥《おちい》っていた。

戒めを解こうともがき、そのたびに封印の魔剣が背中に食い込む。苦痛と苛立《いらだ》ちでさらに荒《あ》れ狂《くる》い、また魔剣の力によって傷つく。そして怒《いか》りに任せて超高熱の息を吐き続けているのだ。

「……ザウエル、どうする⁉」

「どうするったって……」

息を吐き出す爆風《ばくふう》だけで、砂や石がつぶてとなって飛んでくる。ジェラルディンは盾《たて》を構え、それらから仲間を守っていた。だが山を吹き飛ばす威力《いりょく》を持つ息の直撃《ちょくげき》を受ければ、とても耐《た》えることはできないだろう。

「――ザウ」

そんなとき、女神がその名を呼んでいた。その声で、呪縛《じゅばく》されたかのように邪竜を見上げていたザウエルは、少しだけ現実に戻《もど》ってくる。

「ユリス……？」

「こうなった以上、もはややむを得ぬ。最後の手段をもって、あの邪竜めを封印《ふういん》する」

「最後の手段……？」

不吉《ふきつ》な言葉に、ザウエルは眉根《まゆね》を寄せる。

「あやつめを野放しにして、世界を危機に陥《おとしい》れるわけにもいかん。あの竜めは、どうしても力を封《ふう》じねばならぬ」

「それはそうだが……最後の手段って、どうするつもりだ？」

「おまえたちには感謝しておる。過程はどうあれ、ここまで運んできてくれたのだからな」

「おい、なに言ってんだよおまえ――」

「わたしに残された力では、とてもひとりでここまでは来れなんだ。改めて、礼を言うぞ」

「いやだから！　おまえどういうつもりでそんなこと言ってんだよ!?」

「邪竜め、いまだ我が封印から完全に自由にはなっておらぬ。いまなら残された我が力のすべてを使えば、封印することも可能であろう」

「残された、力のすべて……!?　おまえ、まさか――」

「ザウ、力になってくれて嬉《うれ》しかったぞ。おまえなくして、ここまでは来れなかったからな。

それに、アリエル、ジェラルディン。そなたらも、よくザウエルを助けてくれた」

「め、女神様……？」

「どうなさるおつもりですか……？」

困惑《こんわく》する三人の前で、ユリスはいままで見たこともないほど慈愛《じあい》に満ちた笑みを浮かべた。

そして意識を集中するように目を閉《と》じると、その全身が光に包まれてゆく。

「お、おい、ユリス……!?」

光は輝きを増し、それに伴《ともな》い、女神の体が変化を始めた。

ゆっくりと背が高くなり、輝く光は盾《たて》や兜《かぶと》、斧槍《おのやり》を形成してゆく。

それは、ザウエルがかつて見た、兄ルカスが〝神格招来《コール・ゴッド》〟によって呼び出したときの女神の姿。

伝承《でんしょう》に残り、神殿《しんでん》の絵物語に登場する、戦勝神ユリスカロアそのものの姿だった。

「さらばだ。たまには我が神像の掃除《そうじ》もしてやってくれよ」

「ユリス!?」

神々《こうごう》しき光の翼《つばさ》を背中に広げた女神は、手にした斧槍を大きく振った。直後、ザウエルたちの体が光に包まれてゆく。

「ユリス、なにを……!?」

「これは……〝帰還《エスケープ》〟の魔法《まほう》だ……ッ」

「なんだと⁉」

ジェラルディンの言葉に、ザウエルは驚愕する。女神は、彼らを遠く安全な場所へ飛ばそうとしているのだ。

「やめろ、ユリス！　おまえ、もう神としての力はほとんどないんだろ⁉　癒《いや》しの魔法を使うのもやっとって感じだったのに……そんな状態で勝てるわけが――」

「任せておけ。我は戦勝神なのだろう？」

絶世の美貌《びぼう》で、女神はにっこりと微笑《ほほえ》む。

だがその笑顔も、光の中に飲み込まれていった。

「ユリス！　ユリス！　うおおおおおおおおおおおおおおおおおお――――ッ‼」

腹の奥底から、ザウエルは絶叫する。

だが光の中に女神は消え、必死に伸《の》ばした手は届かない。

「ありがとう、ザウ……短い日々だったが、実に楽しかったぞ……」

最後に、かすかに遠く、女神の声が聞こえる。

そしてザウエルの世界は純白に染まり――無音となった。

第五章　そして伝説へ？

1

ピグロウ山が、鳴動する。

噴煙《ふんえん》は激《はげ》しさを増《ま》し、まるで気の早い火山弾《かざんだん》のように、天空から隕石《いんせき》が降る。雲が、異常な形に渦《うず》を巻《ま》いていた。火口から噴《ふ》き出す噴煙も、まるで竜巻《たつまき》のように螺旋《らせん》を描《えが》いている。

まるで、世界終焉《しゅうえん》の予兆《よちょう》のような空の下。

世界を滅《ほろ》ぼすという邪竜《じゃりゅう》は蘇《よみがえ》り、吠《ほ》え声をあげた。

そしてそれに対峙《たいじ》するように、輝《かがや》く女神《めがみ》が宙に舞《ま》う。

終末の邪竜——ラズアロス。

戦勝神——女神ユリスカロア。

いまや伝承《でんしょう》さえ絶《た》えた神話時代の対決が、まさに再現されようとしていた。

「……全盛期《ぜんせいき》の半分も力は出せそうもないが……」

女神は斧槍《おのやり》を握《にぎ》る手を軽く動かし、力の感覚を確《たし》かめる。その指先が、光の粒《つぶ》になってサラサラと崩《くず》れつつあった。

「ふふ……この体、一分と持たんな……」

信者を失い、もとより女神としての力は底をついていた。そこに加えて、ジェダによって神格としての力をずいぶんと吸い取られている。これ以上無理をすれば、消滅《しょうめつ》は免《まぬか》れない。

「まあよい。そもそも一分以上、あの怪物《かいぶつ》と戦えるとも思っておらんしな」

咆吼《ほうこう》をあげ続けている邪竜。その姿を上空から見下ろし、女神は皮肉っぽく笑う。

「まだ封印《ふういん》に呪縛《じゅばく》されておるこのときを除いて、勝機はない――やらせてもらおうか！」

邪竜が、輝く女神の姿に気づいた。まだ胸の辺《あた》りまでしか姿を見せていない状態で、封印の鎖《くさり》を引きずりながら頭を向ける。直後、口が開いた。

「遅《おそ》い！」

灼熱《しゃくねつ》の閃光《せんこう》――だが超高熱《ちょうこうねつ》の息は女神の光の羽をかすめただけで、天空へと消えた。逆に女神が放った斧槍は、空中で五つに分裂《ぶんれつ》し、邪竜を封じる魔方陣《まほうじん》の頂点へと突《つ》き立《た》つ。

「二度と蘇ることができぬよう、我《わ》が全身全霊《ぜんれい》全存在をかけて封印してくれるわ！」

女神は腰《こし》に手をやり、本来ならそこにあるはずの剣《けん》がないことに気づく。

「……そうであったの。我が剣は、おまえの背中に突き立ったままであったわ」

完全なる封印を達成するためには、どうやっても自分の魔剣《キルヒアイゼン》が必要だ。だがそのためには、邪竜に接近しなければならない。

「接近戦は本意ではないのだが……」

もう一度右手に集中し、斧槍を造り出す。それに呼応するように、邪竜もなにごとか唸《うな》った。するとその眼前に魔方陣が二つ展開し、より小型の——と言ってもその全長は馬の五、六倍はありそうなドラゴンが姿を現す。

「眷属《けんぞく》を召喚《しょうかん》したか！　まこと厄介《やっかい》な相手よ！」

本来の力がすべて使えるならば、たかがレッサー・ドラゴンごとき腕《うで》のひと振《ふ》りで消滅《しょうめつ》させることもできる。だがいまの女神には、そんな余裕《よゆう》はどこにもなかった。

「一撃《いちげき》で……決める！」

再び斧槍を投げた。

今度は空中で三つに分かれ、邪竜と二頭のドラゴンへと飛ぶ。そしてそれを追うようにして、女神も空を蹴《け》った。

（ザウ、せめて勝利を祈《いの》っていてくれ……）

胸の中で小さくつぶやき、全力で地表へとダイブする。

「ゴアアアアアアアアアアアッ！」

邪竜の咆吼——続いて、灼熱の閃光。

女神は体をくるりと反転させ、最小限の動きでそれを避《さ》けた。同時に二本の斧槍がレッサー・ドラゴンに直撃《ちょくげき》し、一頭を地面に縫《ぬ》い止め、もう一頭を瞬時《しゅんじ》に消滅させる。もう一本も邪竜の頭に直撃したが、こっちは輝く光の粒となって、砕《くだ》け散《ち》ったのみ。

「ふん……もとより効《き》くとは思っておらんわ！」

急降下する女神に対し、邪竜は長い首を伸《の》ばして牙《きば》を剝《む》く。それも紙一重《かみひとえ》で避けると、顎《あご》の下から螺旋《らせん》を描《えが》くように首の周りを飛ぶ。

「食われるかよ、ウスノロめが！」

至近距離《しきんきょり》で見れば、首だけでもまるで壁《かべ》のようだ。そこを高速で飛《と》び抜《ぬ》ける女神の前に、これまた壁のように巨大《きょだい》な邪竜の手が振《ふ》るわれる。

「当たるものか！」

ごうっ、という突風《とっぷう》が女神の体を打つ。だが、邪竜の鉤爪《かぎづめ》は空を切ったのみ。そのまま超高速で、背中へと出る。

「取った――――！」

太槍《ふとやり》のような背びれや棘《とげ》が並《なら》ぶ背中を飛び、かつて己《おのれ》が投げた、封印《キルヒ》の魔剣《アイゼン》へと疾駆《しっく》する。

もはや女神の行く手を遮《さえぎ》るものはなにもない。あとは剣《けん》を摑《つか》み、その力を極限まで高めて邪竜を地の底深くへ封じるだけ――

――そう確信し、手を伸ばしたときだった。

「な――――!?」

ガキンッ!!

横殴《よこなぐ》りの衝撃《しょうげき》に、女神は一瞬《いっしゅん》なにが起こったか理解できなかった。そのまま凄《すさ》まじい速度で飛ばされ、岩肌《いわはだ》に叩《たた》きつけられる。

「あぐ……があ……っ」

人ならぬ神でなければ、即死《そくし》していただろう。あるいは、衝撃を受けた際に粉々の肉片になって飛び散っていたか。

しかし女神とはいえ、この衝撃は耐《た》え難《がた》いものだった。叩きつけられた岩は砕け、粉々になっていたが、女神自身も身動きが取れない。それどころか、急激《きゅうげき》に体が光の粒子《りゅうし》となって分解を始めていた。

「し、尻尾《しっぽ》………だと⁉」

そして女神は、自分を激《はげ》しく打《う》ち据《す》えたのが、邪竜の尻尾であることに気づく。

まだ半身しか姿を現していないというのに、邪竜は尻尾だけは封印《ふういん》から引《ひ》き抜《ぬ》いたのだ。

その長くしなやかな先端《せんたん》が、勝利を確信した女神を横薙《よこな》ぎに吹《ふ》き飛ばしたのである。

「お、おのれ……詰《つ》めを誤《あやま》ったわ……」

動かない体を無理矢理動かし、身を起こす。だがもはや背中に光の翼《つばさ》が広がることはなく、盾《たて》は砕《くだ》け、斧槍さえ手には現れなかった。

「く……っ、これまでなのか………っ」

邪竜は、勝《か》ち誇《ほこ》ったように雄叫《おたけ》びをあげた。力を失った女神など眼中にないのか、再び天に向かって首を伸ばす。

「いや、まだだ……まだ、終われるものか…………っ」

気力のみで、光の翼を再び開く。

だが飛び立つ力があるのかどうかさえ——もはや女神にも、確証は得られなかった。


「おいおい、女神様やられちまったぜ……」

神話の再現とも言うべき戦いのどさくさに、ジェダたち三人は少し離《はな》れた岩陰《いわかげ》まで撤退《てったい》していた。

「隙《すき》を見てスカイシップまで戻《もど》ろうと思ったんだが、こりゃ難《むずか》しいな」

皮肉な笑《え》みを浮《う》かべるジェダの横で、ヨーレが前に出ようとする。

「ジェダ様、私が囮《おとり》になりますので、その隙にお逃《に》げください」

「バカ言うな。時間稼《じかんかせ》ぎにもならねぇよ」

「ですが——」

「フレッド、タビットって元神様なんだろ？　突然《とつぜん》都合よく古代神の力に目覚めてあの邪竜をスナック感覚でサクッとやっつけてくれよ。ちゃんと信仰《しんこう》してやるからさ」

「無茶言うなよジェダ！　ンなことできんなら、とっくにやってるっての！」

「だよなぁ……」

いまは辛《かろ》うじて、封印が邪竜を石舞台《ぶたい》に縛《しば》っていた。新たに女神が放った五本の斧槍《おのやり》の効果も、まだ持続しているらしい。だがいま飛空船で逃げようとすれば、灼熱の息のいいマトだ。射程を考えても、とても逃げられるとは思えない。

「やっぱ人の手には負えない代物《しろもの》ってことか……」

ジェダは石舞台に転がっている支配の魔剣を見やり、忌々《いまいま》しげにつぶやく。

確かに魔剣の力は、邪竜を一時的に支配していた。しかし魔剣に抵抗《ていこう》しようとする邪竜の力を抑《おさ》え込もうとして、魔剣はその負荷によって極度に発熱し、ジェダの手を焼いたのだ。手を放すのが一瞬《いっしゅん》でも遅《おく》れていたら、今頃灰《いまごろはい》になっていただろう。

「ほとぼりが冷めるまで待つか……？」

「ですがジェダ様、恐《おそ》らくこのままでは噴火《ふんか》が始まります。ここまで火口に近い場所では、我《われ》らも無事ではすみません」

「わかってるよ、そんなこたぁ」

一か八か、飛空船で逃げるか——座《ざ》して死ぬぐらいならば、最後まであがくのがジェダの主義だ。いままでもそうしてきたし、実際生き延びてきた。

だがそう考えて振《ふ》り返《かえ》ったところで、彼の動きは止まっていた。

「——まさかここまでやって、逃げ出す気じゃねぇだろうな。ジェダ」

そこにいたのは、三人の冒険者《ぼうけんしゃ》。

それは、いるはずのない三人だった。

「ザウエル……テメェ、なんでここにいる？」

「女神の使徒が、女神様見捨てて逃げるわけねぇだろ」

そう言って、ザウエルはニヤリと笑う。

「だから、邪竜退治《たいじ》をするのさ。おまえも乗るか、ジェダ？」

ザウエルのその誘《さそ》いに、ジェダは皮肉な笑みを浮かべる。

「馬鹿《ばか》言ってんじゃねぇよ。俺《おれ》はおまえらと心中する趣味《しゅみ》はねぇ。悪いが、おまえら囮《おとり》に逃げさせてもらうさ」

「ふん、だと思ったぜ」

ザウエルは特に失望するでもなく、邪竜へと視線を向ける。

「……おまえ、マジなのか？」

「当たり前だろ。冗談《じょうだん》で言えるかよ、こんなこと」

そう告《つ》げる戦士の瞳《ひとみ》には、確かに覚悟《かくご》の光が宿っていた。

2

「もう一度だ……もう一撃は放てる……っ」

女神は歯を食いしばり、残された力すべてを結集して光の翼を開く。

だがその肩《かた》を、誰《だれ》かが叩《たた》いた。女神は驚《おどろ》き、咄嗟《とっさ》に振り返る。

と——その頬《ほお》に人差し指がぷにっと刺《さ》さった。

「よぉ」

「ザ《は》、ザ《は》ウ《う》!? 貴様《ひはま》な《は》ぜ《へ》こ《ほ》こ《ほ》に《ひ》い《ひ》る《る》!?」

女神は頬に人差し指が刺さったまま怒《ど》鳴《な》っていた。その様子を見て、ザウエルはぷっと噴《ふ》き出す。

「ええい、やめんか! 貴様、わたしが〝帰還《エスケープ》〟で飛ばしたはずなのに、なぜここにおるのだ!」

「そりゃあ、〝帰還《エスケープ》〟の魔法《まほう》に抵抗《ていこう》したからな」

「な、なぬ!? 神の魔法に抵抗しただと……!?」

「できたんだからしょうがない。なぁ?」

「そうだな」

「そうですね……」

ひょいひょいと、ザウエルの後ろからジェラルディンとアリエルも姿を見せる。

「おまえらまで……! いったいどういうつもりだ!?」

「ザウエルなら抵抗すると思ったからです、女神様」

「わ、わたしもそうじゃないかなって……」

「揃《そろ》いも揃ってバカばっかりか！　あのまま街まで帰っておれば、いまごろ安全な場所へ逃げられたものを……」

「そいつはこっちのセリフだぜ。消滅《しょうめつ》寸前の神様のくせに、単身邪竜と戦おうだとか、オメーこそバカじゃねーの？」

背中に光の翼はあるものの、女神の体はすっかり小さくなっていた。その頭を、ザウエルはぽんぽんと撫《な》でる。

「あ、頭を撫でるな！」

「――オレはおまえの使徒だぜ？　見捨てるわけがねぇだろ」

「え………？」

「おまえはオレの、大事な女神様なんだからな」

「ザウ……」

困惑《こんわく》する女神の汚《よご》れた頬を、ザウエルは拭《ぬぐ》う。その指先が、熱い涙《なみだ》で濡《ぬ》れた。

「だっておまえがいねぇと、オレの呪《のろ》いは解《と》けねーだろ」

「な、な、な……っ！」

見る見る、女神の顔が赤くなっていく。

「や、やかましい！　わたしに触《さわ》るな、この大馬鹿者《おおばかもの》が！　なにが〝呪いが解けない〟だ！　それ以前に、もろとも心中したのでは呪いもクソもないではないか！　このボケナス！　オタンコナス！」

女神は慌《あわ》てて目の周りをごしごしとこすり、怒鳴《どな》りつける。

「えらい言われようだな。それに、オレはおまえと心中するために戻《もど》ってきたわけでもねーんだぜ？」

「な、なんだと……？」

「ユリスが戦ってる間も、応援《おうえん》しながら邪竜のやつの様子をじっくりと見てたんだ。賦術《ふじゅつ》も使って、戦闘力《せんとうりょく》や弱点も調べてある」

ザウエルは腰《こし》のカードホルダーを叩き、不敵《ふてき》な笑みを浮かべる。

「か、勝ち目があるのか……？」

「必勝、とまではいかねープランだがな。勝算はあるよ」

「本当なのか、それは……？」

「ああ。そのためには、ユリスの力も必要だ。まだ、少しだけなら飛べるだろ？」

「あ、当たり前だ！　わたしを誰だと思っておる！」

「ははは。その元気があれば、大丈夫《だいじょうぶ》だな」

拳《こぶし》を振り上げる小さな女神の姿に、ザウエルは笑みを浮かべる。

「だけど、チャンスは一回切りだ。今度こそ、キメてやろうぜ」

そう告げると、ザウエルはもがき続けている邪竜を見上げる。

残された時間は、もうほんのわずかしかなかった。

「――第一原質《プリマ・マテリア》・白色解放《はくしょくかいほう》……開け、我が意思に宿る〝百科全書《エンサイクロペディア》〟」

ザウエルはカードホルダーから引き抜《ぬ》いた白いカードを放ち、中空で白く輝《かがや》く粒子となったそれを、自分の額《ひたい》へと導《みちび》く。

すると脳内の奥底《おくそこ》に蓄《たくわ》えられた膨大《ぼうだい》な知識が展開され、ずらりとザウエルの意識を取り囲んだ。その中から、もっとも有益な情報だけを抽出《ちゅうしゅつ》し、瞬時《しゅんじ》に理解する。

その間、わずか瞬《まばた》き一回ほどの時間。すぐさまザウエルの視界は元に戻り、地面に縫《ぬ》い付けられているレッサー・ドラゴンの弱点を浮かび上がらせる。

「……完全に、我々のことなど無視しているな」

ザウエルから敵の弱点を聞き終え、ジェラルディンが不愉快《ふゆかい》そうにつぶやく。

「ちっぽけな人間なんぞ、眼中にないんだろ」

僥倖《ぎょうこう》とばかりに、ザウエルは皮肉な笑みを浮かべる。

「本当に、まるっきり無視されてますね……」

カタカタと小刻《こきざ》みに震《ふる》えながら、アリエルも巨大《きょだい》な邪竜を見上げる。どうやら封印の鎖《くさり》を引きちぎるのに必死で、細かいことは見えていないらしい。

「さて。あとは最初に説明した通りだ。頼《たの》むぜ、みんな」

ザウエルの言葉に、ジェラルディンが兜《かぶと》の面頬《めんぼお》を下ろし、アリエルも頷《うなず》いた。

「……しっかり決めてくれよ、女神様。切《き》り札《ふだ》はユリス……おまえなんだからな」

「ふん。おまえに心配されることなどなにもないわ」

ユリスは小さい体で、精一杯《せいいっぱい》の虚勢《きょせい》を張る。そして最後の最後、残る一滴《ひとしずく》まで絞《しぼ》り出《だ》すようにして、背中に光の翼《つばさ》を展開した。

「支援魔法《しえんまほう》、かけます」

そう言って、アリエルが呪文《じゅもん》の詠唱《えいしょう》を始めた。ジェラルディンも防御系《ぼうぎょけい》の支援魔法を用いるべく、騎士神《きししん》ザイアへ祈《いの》りを捧《ささ》げる。ザウエルもありったけのカードを駆《く》使《し》し、自分と仲間たちを強化していった。

攻撃力《こうげきりょく》、防御力《ぼうぎょ》、抵抗力の増強はもちろん、身体能力《しんたいのうりょく》の向上から精神の高揚《こうよう》、果ては飛行能力まで。ありとあらゆる強化が彼らを守る。

「さて……いよいよ最終決戦だな。先手必勝でいくぜ……！」

ザウエルはカードの中でも一番高価な一枚を引《ひ》き抜き、放つ。

「……第一原質・赤色《せきしょく》解放！　我ら疾風《しっぷう》となり、敵を制圧せん！　行け、〝絶速の先制《イニシアティブブースト》〟！」

赤い輝きはザウエルたちの肉体に染《し》み込み、反応速度を極限まで高める。もっとも高濃度《こうのうど》に凝縮《ぎょうしゅく》された第一原質は、絶対的な領域まで瞬発力《しゅんぱつ》を増強していた。

「行くぜぇぇぇぇぇッ！」

「応ッ！」

そして直後。

ザウエルたちは一斉《いっせい》に、巨大な邪竜目指して飛び出していた。

3

一番に飛び出したのは、女神ユリスカロアだった。

もはや少女の体に光の翼を生やしただけの姿だったが、倒《たお》したと思った相手がまだ生きていたことに驚《おどろ》いたのだろう。邪竜はその姿を追って空を見上げ、配下のドラゴンも追従するように動く。

「かかりおったな、低能なデカトカゲめが！」

ユリスは残る力を振り絞り、斧槍を右手に生み出した。そして大口を開けて灼熱《しゃくねつ》の息を吐《は》こうとするところに投げつける。

「ガ…………ッ!?」

もはや複数《ふくすう》に分裂《ぶんれつ》する力も、大した威力《いりょく》もありはしない。しかし斧槍は邪竜の巨大な口の中に飛び込み、その体を一瞬《いっしゅん》だが痺《しび》れさせた。灼熱の息を吐くことはできず、苦しそうな声で呻《うめ》く。

「上出来だ、ユリス！」

一拍遅《いっぱくおく》れて、ザウエルたちも突撃《とつげき》する。レッサー・ドラゴンが反応し、迎《むか》え撃《う》つ構えを取るが、女神に気を取られた分だけ反応が遅《おそ》い。

「アリエル！」

「はい！」

ザウエルの合図に、アリエルが呪文を唱えた。即座《そくざ》にドラゴンを中心に、〝氷の嵐《ブリザード》〟が激しく渦《うず》を巻《ま》く。

「先に行くぜ！」

〝氷の嵐〟が消え去るのと同時に、ザウエルはドラゴンへと飛び込んでいた。走りながら呼吸を整《ととの》え、体内にしっかりと魔元素《マナ》を流し込む。

「第一原質《プリマ・マテリア》・金色《こんじき》解放！　我が刃《やいば》に宿れ、〝必殺の光条《クリティカルレイ》〟！」

練技によりザウエルの腕力《わんりょく》は向上し、足は素早さを増し、目は鋭《するど》く、皮膚《ひふ》は硬《かた》くなった。抜き放《はな》った魔剣《まけん》〝地獄の稲妻《ライトニングヘル》〟の威力《いりょく》は賦術により極限まで高められ、一気に放たれる。

「せりゃあぁッ！」

ザウエルの斬撃《ざんげき》は、いままさに飛び上がらんとしていたドラゴンの翼に命中していた。さらに返す刃《やいば》で一閃《いっせん》。呪《のろ》いの魔剣はそれだけでは満足せず、新たな血を求めてザウエルの意思とは関係なく動く。

「だよな、おまえは」

まだ近くに仲間がいないから、ザウエルは動じることなく呪われた魔剣を振るった。さらなる敵とはいっても、目の前にはドラゴンしかいない。だから結果として、ザウエルは魔剣に逆らわずにドラゴンを斬《き》る。

「ギャオオオオオオオオウッ⁉」

レッサー・ドラゴンは悲鳴をあげた。そこへ気まぐれな魔剣は躍《おど》り、皮膜《ひまく》の翼を斬り飛ばす。

「悪くねぇ流れだ……っ」

「そのようだな」

「ジェラルディン！　油断するなよ！」

「任せておけ。これだけ魔法による支援《しえん》があれば、ドラゴンとて恐《おそ》るるに足りん」

こともなげに答え、エルフの騎士はドラゴンへと飛び込んでいった。〝より劣《レッサー》った〟と言ってもドラゴンだ。もたげた頭は、軽く人を見下ろす高さがある。けれどジェラルディンは、まるで戦闘《せんとう》機械のように躊躇《ちゅうちょ》なく突《つ》っ込《こ》み、その胴《どう》へと一刀を叩《たた》き込んだ。

「ガアアアッ！」

そこへドラゴンは、不快な人族どもを吹き飛ばそうと、長い尻尾《しっぽ》を振るった。だがそれをザウエルはジャンプしてかわし、ジェラルディンはなんと盾《たて》で受け止める。

「ふん、その程度か」

「ゴオオオオッ‼」

その挑発《ちょうはつ》的な言葉が聞こえたわけではないだろう。しかしドラゴンは怒《いか》りに満ちた吠《ほ》え声と共に、残った翼をエルフの騎士に、そして凶悪《きょうあく》な牙《きば》をザウエルへと振るう。

「間違《まちが》えるな。おまえの相手はこの私だ」

ところがジェラルディンはザウエルの前に素早く立つと、迫《せま》り来るドラゴンの鼻頭を大盾《おおだて》で叩《たた》き伏《ふ》せた。さらに振り下ろされる翼の渾身《こんしん》の一撃《いちげき》を、素早く構え直した盾で受ける。

「うは、まさに鉄壁《てっぺき》だな……！」

ザウエルは目の前で起きたことが、いささか信じがたかった。だがジェラルディンは完璧《かんぺき》な防御を発揮《はっき》し、ほぼ完全にドラゴンの攻撃を受けきってしまったのだ。

「言っただろう。おまえの呪いでも、私の体は貫《つらぬ》けないと」

「だな」

ザウエルは思わず、笑みを浮《う》かべていた。

いままで、魔剣の呪いで仲間を傷《きず》つけるのが怖《こわ》かった。ザウエルの呪いを恐《おそ》れて、仲間になってくれる者もいなかった。

だがジェラルディンは、ドラゴンの牙さえ盾で受け、渾身《こんしん》の一撃さえその身で耐《た》えきったのだ。これほど肩《かた》を並《なら》べていて安心感のある仲間がいるだろうか。

「行け、ザウエル！」

「ありがとよ！　安心して任《まか》せられるぜ！」

ドラゴンの攻撃をジェラルディンが受けている間、ザウエルは素早くその巨体《きょたい》の下をくぐり抜けていた。体格が大きいがゆえの死角を突き、走り抜ける。

(狙《ねら》いはひとつ……………ッ)

ザウエルが目指すのは、石舞台《ぶたい》に落ちている剣《けん》——ジェダが取り落とした、支配の魔剣《ユリスレイター》だった。戦士は剣を鞘《さや》に収め、一直線に影《かげ》のごとく走る。

「取った……！」

まだ熱を持つ支配の魔剣を、ザウエルは素早く手に取る。しかしその瞬間《しゅんかん》、全身に激痛《げきつう》が走った。腰に吊《つる》した三本の魔剣は、ザウエルが自分たち以外の武器を手にすることすら許さない。

「ぐが……ッ、予想してたが……キツイ……ッ」

まるで全身の筋肉が絞《しぼ》られるような痛み。さしもの戦士も動きが止まる。けれども、ここまではザウエルの想定通りだった。

だがすぐ側《そば》に新しい魔《ま》方陣《ほうじん》が展開されるところまでは、予想を超《こ》えていた。

「な、なんだと……!?」

邪竜が咆吼をあげ、魔方陣から新たなレッサー・ドラゴンを召喚《しょうかん》する。万全な状態ならば素早く距離《きょり》を取ることもできたが、呪《のろ》いの影響《えいきょう》でまともに走ることができない。

「くそ……っ、邪竜の野郎《やろう》、なかなか冷静《クレバー》じゃねぇか……っ」

新たに現れたレッサー・ドラゴンが、雄叫《おたけ》びをあげた。このままでは、いいように引き裂《さ》かれてしまう。

「ギギャアアアッ!?」

だが次にドラゴンがあげたのは、歓喜《かんき》の叫《さけ》びでも勝利の雄叫びでもなかった。

それは、悲鳴。

魔法《まほう》の長槍《ながやり》を脇腹《わきばら》にねじ込まれたドラゴンの、激痛に苦しむ悲鳴だった。

「──やれやれ、見てられねぇなぁ」

絶叫《ぜっきょう》するドラゴンの陰《かげ》から、ひとりの男が姿を見せる。

多脚戦車《アラクネ》に乗った女戦士を引き連れた、黒い甲冑《かっちゅう》の伊達男《だておとこ》。

それは銀髪《ぎんぱつ》のナイトメア──ジェダ・プロマキスだった。

「ジェダ!?　おまえ──」

「おまえらだけじゃ、囮《おとり》にもなりゃしねぇ。危《あぶ》なっかしくて、スカイシップも飛ばせねーんだよ」

言い放ち、ジェダはニヤリと笑う。

「手助けしてやるんだ。ありがたく感謝しろよ」

「うるせぇ!　誰《だれ》のせいでこんな苦労してると思ってんだ!」

「ははは。んなこた忘れた――ぜッ！」

まるで遊技場ででも遊んでいるような態度で、ジェダは嚙《か》みつきにきたドラゴンの牙をかわし、魔力《まりょく》に輝《かがや》く刃でその翼を叩き斬る。

「行けよ、ザウエル！　おまえにはおまえの策《さく》があるんだろ⁉」

「当たり前だ！　一流の冒険《ぼうけん》者は、勝算がないと動かねぇんだよ！」

魔剣の呪いで全身を激痛にさいなまれながらも、ザウエルは空を見上げる。

「ユリス！　受け取れ！」

そして気力で痛みを抑《おさ》え込み、支配の魔剣《ユリスレイター》を真上へと投げた。呪いの魔剣たちも、自分たち以外の剣を手放すのは歓迎《かんげい》しているのか、思いのほか高く飛んでゆく。

「よくやったぞ、ザウ！」

もはや力尽《ちからつ》きる寸前だった女神が、わずかに手を伸《の》ばして魔剣を摑《つか》む。

次の瞬間、石舞台はまばゆい光に包まれていた。

4

魔剣《ユリスレイター》を得て、ユリスの姿が変化してゆく。

本来女神ユリスカロアが持っていた魔剣とは違《ちが》い、模造品《もぞうひん》に過ぎない魔剣だ。それでも、その魔力は瞬間的に女神の力を取《と》り戻《もど》させるのに十分だった。

光の中で、ユリスの体が大きくなる。腰《こし》はくびれ、胸はふくらみ、輝く盾《たて》と兜《かぶと》が現れた。

背中に広がる光の翼も、より大きく力強い姿へと変化する。

「ふふ……ふふふ……ふはははははは！　これこれ！　この感覚だ！　これこそ女神ユリスカロアの力よ！　畏《おそ》れ敬《うやま》いひれ伏《ふ》すがいい愚民《ぐみん》ど——うわっ⁉」

高笑いする女神目がけて、邪竜が灼熱の息を吐《は》いた。危うく直撃《ちょくげき》しそうになるところを、どうにか身をかわす。

「あ、危なかった……」

「こらー！　このボケ女神！　打ち合わせ通りにやれ！」

「う、うるさいわ！　少しぐらい余韻《よいん》に浸《ひた》らせろ！」

地上から叫ぶザウエルの声に、女神は怒鳴《どな》り返す。

「見ておれ矮小《わいしょう》なる定命《じょうみょう》の者たちよ！　我が力をもってすれば、邪竜など一太刀《ひとたち》のもとに斬首《ざんしゅ》してくれるわ！」

「いやだから、そんなことしなくていいんだよ！　無理なことはしねーで動きだけ止めてくれ！」

「む、無理とはなんだ無理とは！」

「いいからさっさとやれ！」

「う、うぬうっ」

邪竜が息を吸い込み始めているのを見て、ユリスもある種の諦《あきら》めに至る。支配の魔剣《ユリスレイター》を構え、意識を集中させた。力を放出して邪竜を撃《う》つことも可能だが、改めて一撃で倒《たお》すのは不可能に近いと感じる。

「ええい、シャクな話だわい！」

毒《どく》づきつつも、女神ユリスは魔剣を振《ふ》り上げた。

完全なる封印《ふういん》は、レプリカであるこの魔剣では無理だ。だが一時的に動《うご》きを封《ふう》じることは不可能ではない。

「邪竜め！　しばしおとなしく黙《だま》っておるがよい！」

一気に、女神は魔剣を振り下ろした。その刀身からは白く輝く網《あみ》のようなものが広がり、巨大《きょだい》な邪竜の体を包み込んでゆく。

「ゴガアアアアアアアッ‼」

邪竜の咆吼。だが網に絡《から》まれたために灼熱《しゃくねつ》の息は吐けず、もがくことしかできない。

「ザウ！　これでいいのだな⁉」

「上出来だ、我らが女神様！」

女神の声を受け、ザウエルが地面を蹴《け》るのが見える。

〝飛行《フライト》〟の魔法が、その体を宙に浮かせる。

そしてザウエルが向かう先は——邪竜の巨軀《きょく》だった。

地面を蹴《け》り、宙を舞《ま》う。

ザウエルは一直線に、邪竜へと飛んだ。

まずは石舞台に踏《ふ》ん張《ば》る前足だ。封印に加えてユリスによって動きまで封じられたいま、ザウエルはその前足の甲《こう》を蹴り、軌《き》道《どう》を変える。

「よっと」

前足の肘《ひじ》に当たる部分をさらに蹴り、ザウエルは肩の付け根付近の突起《とっき》に摑《つか》まった。ロッククライミングの要領で、さらに背中へと駆《か》け上がる。

「改めてデケェな……」

ちらりと見下ろせば、仲間たちが二頭のドラゴンを相手に死闘《しとう》を続けていた。ジェダはもうドラゴンを倒しそうな勢いだったし、ジェラルディンもドラゴンを相手に一歩も退《ひ》かない鉄壁の戦いぶりだ。

「だけど、この体……どうやら思った通りみてぇだな」

鱗《うろこ》に手を当て、その感触《かんしょく》と温度を確かめる。

ザウエルの脳内には、いまだ賦術《ふじゅつ》により展開された〝百科全書《エンサイクロペディア》〟が健在だった。〝百科全書〟は知識を与《あた》え、呼び覚ますだけでなく、観察力や洞察力《どうさつりょく》も同時に高めてくれる。

特にザウエルは、一番純度の高いカードを使い、しかもいま直接対象に触《ふ》れている。それだけに、様々な要素や弱点――加えて不自然さも完全に感じ取れていた。

「もう少し、頼《たの》むぜみんな……っ」

ザウエルは視線を前に向け、巨大な剣のごとき背びれが並ぶ背中へと駆《か》け出《だ》す。

女神ユリスによって動きを封じられているとはいえ、完全ではない。戒《いまし》めから逃《のが》れようと、邪竜は激しく身震《みぶる》いし、四肢《しし》をばたつかせ、鎌首《かまくび》を上げて咆吼する。そのたびにザウエルは振り落とされそうになりながらも、背中の鱗の上で踏ん張った。

「飛んでいけるもんならいいんだが……」

あいにくと〝飛行《フライト》〟の魔法による飛行は、細かい機動ができなかった。動く邪竜の背中の、ある一点を目指すとなると、こうやって直接走ったほうが確実性が高い――少なくとも、ザウエルはそう判断していた。

「矮小《わいしょう》なる人間様は、ただ二本の足で走るのみってな！」

邪竜の動きが落ち着いたタイミングを見計らい、ザウエルは再び駆け出す。

少々身軽なだけの人間なら、簡単に滑《すべ》り落ちていただろう。だが何年も単独《ソロ》で冒険を続けてきたザウエルの身体《しんたい》能力と身体操作技術はずば抜《ぬ》けていた。だから少々の揺《ゆ》れなどものともせず、鱗を蹴り、背びれを摑み、着実に前進してゆく。

「――見えた！」

そして邪竜の背中も半ばに達したとき、ザウエルが目指す目的地が見えた。

それは、巨大な竜《りゅう》が苦痛に呻《うめ》くほどの傷口。

どす黒い血液を流し続けている中心点――女神ユリスカロアの残した、封印の魔剣《キルヒアイゼン》だった。

「もうちょい――――!?」

突然《とつぜん》、周囲が暗くなる。咄嗟《とっさ》に頭上を見上げれば、邪竜が尻尾《しっぽ》を振り上げていた。背中の真ん中までやってきたことで、長く太い尻尾の届く位置まで来ていたのだ。

「ヤバイ…………ッ」

尻尾が自由に動くところまでは、計算外だった。女神の呪縛《じゆばく》は頭部を中心に展開しているためか、尻尾は比《ひ》較的拘束《かくてきこうそく》が緩《ゆる》いのだろう。

馬が尻尾で羽虫を追《お》い払《はら》うように、邪竜の尻尾がザウエルに迫《せま》る。どんな大木よりも太い尻尾に一撃《いちげき》されれば、人間など恐《おそ》らく原形も留《とど》めまい。

(駆けてくるか、飛んで逃《に》げるか――――)

どちらも間に合わない――それが、長年の経験が導き出した答えだった。

死ぬ――絶望的な直感に、全身から冷たい汗《あせ》が噴《ふ》き出す。

「――ええい！　まだ動けるか、この記録的オオトカゲが！」

だがそんなザウエルの眼前に、光の翼《つばさ》が広がった。圧倒的《あっとうてき》な質量で迫る邪竜の尻尾を前に、輝く盾《たて》を構える。

「ユリス⁉　おまえ今度こそ死ぬ――」

「どどっせぇぇぇぇぇいっ‼」

ガァァァンンン‼

意外にも甲高《かんだか》い音が鳴《な》り響《ひび》き、さらに意外なことに、女神は吹き飛《ふ　と》ばされもせず空中に留まっていた。左手に構えた盾が放つ光が大質量の尻尾を受け止め、光の翼は女神の体を空中で完全に支えている。

「と、止めた………？」

「ふはははは！　女神には一度見た技《わざ》は通用せん！」

「それは嘘《うそ》くさいな……」

「なにが嘘くさいか！　ちょっとは感謝せぬか不信心者が！　もうちょっとでプチッと潰《つぶ》されるところだったのだぞ⁉」

「いやあの、まあ、助かりました女神様」

「わかればよい」

ぶんっと女神が盾を振るえば、邪竜の尻尾も大きく弾《はじ》かれていた。あっけなく尻尾で叩《たた》き潰されていた女神とは、まるでパワーが違う。

「魔剣さえ手にすればこれぐらい軽いものよ。本物ならば、なおのことすごいのだがな！」

「……まあこれで、一応神様だもんな……」

「一応⁉」

「地獄耳《じごくみみ》だな、まったく」

目くじらを立てる女神を無視し、ザウエルは再び駆け出した。目的の魔剣までは、もう十歩もない。

「いいぞザウエル！　早うその魔剣を引き抜き、わたしに渡《わた》せ！」

もう一度振るわれた尻尾の一撃をさらに盾で弾きながら、女神が叫《さけ》ぶ。

「く……っ」

いまなお邪竜の背中から溢《あふ》れる鮮血《せんけつ》に、ザウエルの足が滑った。だが背びれを摑んで踏みとどまり、腕《うで》の力で体を前に送り出す。そして比較的平坦《ひかくてきへいたん》な場所へやってきたところで、ザウエルは腰の剣を引き抜いていた。

「ザウ、なにをするつもりだ……？」

「悪いな、ユリス。文句はあとでたっぷり聞いてやるよ」

焦《こ》げ茶《ちゃ》の髪《かみ》が、青色に染まる。

手にしたのは、魔剣〝凍える吐息《チルブリーズ》〟。その強力な呪《のろ》いは邪竜の背中も冷気で覆《おお》い、溢《あふ》れ出る鮮血さえも凍《こお》りつかせる。

「邪竜ラズアロス！　オレがおまえを救ってやるッ！」

ザウエルは最後の数歩を一気に踏《ふ》み込《こ》み、呪いの剣を思い切り封印の魔剣へ振り下ろした。

ガギィンッという音を立てて、氷の刃《やいば》は魔剣の刀身に深々と食い込む。

「な、なにをしておる⁉　ザウ、貴様キルヒアイゼンを壊《こわ》す気か⁉」

「そういうこと……だ！」

ザウエルは続いて魔剣〝地獄の稲妻《ライトニングヘル》〟を引き抜き様《ざま》、さっきとは逆方向から叩きつける。

「や、やめろ！」

「悪いが、これしか手段を思いつかなかったんだ！」

一度は弾かれた雷《かみなり》の刃だったが、呪いの力は再度ザウエルに剣を振るわせる。そして二度目の斬撃で、封印の魔剣《キルヒアイゼン》へと刃が穿《うが》たれた。

「くそっ、意外と頑丈《がんじょう》だな……ッ」

「馬鹿《ばか》な！　その魔剣はわたしが神格を得るに至った古《いにしえ》の魔剣だぞ⁉　いかにザウの魔剣が優《すぐ》れていても、破壊《はかい》などできるわけが……」

ユリスが驚《おどろ》くのも無理はない。神格を与える力があるほどの魔剣となれば、神器と呼ばれる破壊不可能な存在のはず。

しかしザウエルの呪われた剣は、着実に封印の魔剣を破壊しつつある。

「この魔剣は、もうほとんど力を失ってるんだ。だからオレの剣で砕《くだ》ける……この怪物《かいぶつ》に、苦痛だけを与えている！」

ザウエルは二本目の剣も手放し、ついに最後の魔剣に手をかけた。

圧倒的な破壊力を秘めた呪いの魔剣——"猛炎の王"。

 鞘《さや》から抜《ぬ》き放《はな》たれたその刀身は、白く輝《かがや》くほどの高熱の炎《ほのお》だ。赤髪《せきはつ》となったザウエルは、それを大上段から振り下ろす。

「ザ、ザウ⁉」

「ぜりゃあああああああああッ‼」

ガッ！

真《ま》っ直《す》ぐに振り下ろされた超高熱の刀身は、過《あやま》たず封印の魔剣の柄頭《つかがしら》を捉《とら》えていた。

二本の刃を受け、すでに限界へ達していた魔剣キルヒアイゼンには、もうその一撃に耐《た》えられる強度は残されていなかった。甲高《かんだか》い音を立てて、魔剣はまるでガラス細工のように、粉々に砕《くだ》け散《ち》る。

「ウゴアアアアアアアアアアアアアアアアアアアアアアアアアッ‼」

邪竜が絶叫《ぜっきょう》する。

封印の魔剣が失われたことで、その巨体《きょたい》を戒《いまし》めていた呪縛《じゅばく》の鎖《くさり》も、ボロボロと崩壊《ほうかい》してゆく。

「ザウ！　おまえどういうつもりだ⁉　いままでギリギリで保っていた封印をブチ壊《こわ》して、これではもはや歯止めが利《き》かんぞ！」

「ユリス、いまだ！　その魔剣で邪竜に命じろ！」

「へ…………？」

「いいから命じろ！　〝もう戦いは終わった！　おまえは戦わなくていい！〟ってな！」

「な、なぜ……？」

「いいからさっさとやりやがれ！　もう信仰《しんこう》してやらねぇぞ！」

「え、ええいっ、わかったわ！　クソ信者が！」

自分の魔剣が砕けてしまったせいか、それともザウエルのささやかな脅《おど》しが利いたのか。

女神は手にしている支配の魔剣《ユリスレイター》を振《ふ》り上げ、意識を集中した。

そして強く念じると、力を解放する。

「もう戦いは終わりだ、邪竜ラズアロス！　戦いをやめよ！　よいな！」

女神の叫びと共に、閃光《せんこう》が走る。

その光を浴び、邪竜は声にならない雄叫《おたけ》びをあげた。

それは人間の可聴領域《かちようりよういき》を超《こ》えた音だったのかもしれない。しかしその声に含《ふく》まれていたのは、これまでの狂気《きようき》や怒《いか》り、破壊衝動《はかいしようどう》や殺戮《さつりく》衝動といった猛々《たけだけ》しく禍々《まがまが》しいものではなかった。

どこか安堵《あんど》するような、安らぎを感じさせるような、そんな穏《おだ》やかな声。

長年の労苦から解放され、心の底から、体の芯《しん》から吐《は》き出された、張《は》り詰《つ》めた緊張《きんちよう》をほどいたときのような声だった。

「な、なんだこれは……？　どうなっておる……？」

「はは、思った通り……どわっ!?」

魔剣を持ったまままうろたえる女神の目の前で、ザウエルはいきなり足場を失い、転落する。

その手は咄嗟《とっさ》に女神の足に摑《つか》まり、ぶら下がった。だが女神も力を使い切っていたのか、邪竜の尻尾を受け止めた力など微塵《みじん》も感じさせず、もろとも石舞台《ぶたい》へと落ちてゆく。

「な、なにが……は、放せ！　いや放すな！　やっぱり放せ落ちる！」

「てめぇっ、たったひとりの信者が転落死してもいいのか！　そうなったら一蓮托生《いちれんたくしょう》だぞ！」

「貴様、信者の分際で女神を脅迫《きょうはく》する気か！　というかなにがどうなっておるのだ！」

空中でジタバタする二人の前で、邪竜はその姿を崩壊《ほうかい》させていた。

まるで寿命《じゅみょう》を迎《むか》えた大木が、自重によって割れ砕け、干からびた体を大地へと還《かえ》していくかのごとく——邪竜の体はバラバラと崩《くず》れつつあった。ゆえにザウエルが立っていた場所も崩落《ほうらく》し、転落しつつあったのだ。

「ザ、ザウ！　もう力の限界だ！　お、落ちる……っ」

「おいこら女神、もうちょっと踏《ふ》ん張《ば》れ！　……ってか、そういやオレ、〝飛行《フライト》〟かけてもらってたんだっけ」

ようやくそのことを思い出し、ザウエルは空中で踏みとどまった。今度は逆に、力を使い切った女神が落ち始める。

「うおっ」

「ひゃああっ」

ザウエルは咄嗟《とっさ》に女神を引き寄せ、どうにか抱《だ》きとめた。だがバランスを崩《くず》していたので、そのままゆっくりと石舞台に転落する。

「ぐえっ」

「はぐっ」

ザウエルは背中から落ち、その上に女神が落ちた。せめてもの幸いは、女神が再び元の小《こ》柄《がら》な姿にまで縮小していたことだろうか。

「いたたた……ここまでひどい目にあった女神が他におったであろうか、いやおるまい」

頭を押さえながら、ユリスが身を起こす。

その真下には、大の字になったザウエルがいた。

「ザ、ザウ、無事か⁉」

「はは……まあ、なんとかね」

女神に馬乗られたまま、ザウエルは笑う。

「まったく、無《む》茶《ちゃ》ばかりしおって……」

「そいつはお互《たが》い様《さま》だろ」

女神の目尻《めじり》に、じわっと涙《なみだ》が浮《う》かぶ。ザウエルは手を伸《の》ばし、親指でそっと拭《ぬぐ》ってやった。

「泣くなよ、女神様」

「な、泣いてなどおらんわ！　ゴミが目に入っただけだ！」

ユリスは慌《あわ》てて目の周りをこすり、怒鳴《どな》る。埃《ほこり》まみれだったせいもあって、かわいい顔はまだら模様《もよう》になっていた。

「ははは……だけど、大丈夫《だいじょうぶ》だっただろ？」

「え……？」

ザウエルは首だけを動かして石舞台を確認する。それを見て、ユリスもぐるりと周囲を見回した。

すると石舞台には抜《ぬ》け殻《がら》のようになった邪竜の残骸《ざんがい》だけが散乱し、脅威《きょうい》となる存在はなにもなかった。砕けた石畳《いしだたみ》や瓦礫《がれき》、深く刻《きざ》まれた爪痕《つめあと》などを除けば、本当にさっきまでここに巨大《きょだい》な竜《りゅう》がいたなどとは思えないほどだ。

そして邪竜によって召喚《しょうかん》されたドラゴンたちも、その姿を消していた。恐《おそ》らく主が消えたことで、一緒《いっしょ》に消滅《しょうめつ》したのだろう。

「我らは……勝ったのか？」

「さあ、どうだろうな。だけどオレたち冒険者《ぼうけんしゃ》にとっては、生き残ることが勝利だ。だから、勝ったんじゃねぇの？」

「そうか……そうだな……」

その言葉で、気が抜けたのだろう。女神はふらっと力を失い、前のめりに倒《たお》れた。ザウエルはその体を受け止め、頭を撫《な》でてやる。

「お疲《つか》れさん、女神様。よくがんばったぜ……」

ジェラルディンとアリエルが駆《か》け寄《よ》ってくるのが見える。

まだまだやらなければならないこと、確かめなければならないことはたくさんあったが、いまはほんの少しだけ、体を休めていたかった。

5

「ザウエルさん！　女神様！」

一番に飛び込んできたのは、アリエルだった。

なりふり構わず、魔法使《まほうつか》いにとってはなによりも大切な魔法の杖《つえ》も放り投げ、ザウエルとユリスに飛びつく。

「うわぁぁぁあんっ、無事でよかったですぅっ」

「わ、わかったわかった。嬉《うれ》しいのはよくわかったから、落ち着け」

「お、重い……潰《つぶ》れるっ」

ザウエルとアリエルに挟《はさ》まれる形になったユリスが、悲鳴をあげる。

「ご、ごめんなさいっ、もうちょっと痩《や》せるようにします……」

「そういう意味ではないわ！　ええいっ、どけっ」

どうにかずるずると、女神は二人の間から体半分抜け出す。

「……なにをしているのだ？」

そんな三人を見下ろすようにして、ジェラルディンが顔を出す。

「なぁに、ちょっとした勝利の抱擁《ほうよう》ってやつだよ」

「なるほど……それは私も混ざってよいか？」

「ま、待て！　よせ！　わたしが離《はな》れてからにしろ！　おまえに乗られたら、いよいよ潰れてしまうわ！」

「……少しショックです、女神様」

完全重武装《じゅうぶそう》のジェラルディンは、襟元《えりもと》に触《ふ》れて甲冑《かっちゅう》を軽装に切《き》り替《か》える。その隙《すき》に、女神はようやく完全に抜け出していた。

「まったく、おちおち休んでもおれぬわ……ん？　ジェラ、それはなんだ？」

「？　これですか……？」

女神に指摘《してき》され、エルフの騎士《きし》は手に持っていたものを差し出す。

それは、猫《ねこ》ぐらいの大きさの、小さな竜だった。背びれをジェラルディンにつまれ、まるで猫のように身を丸くしている。

「そこで拾ったのですが……ザウエル、これがなにかわかるか？」

「おう……」

まだぐしぐし泣いているアリエルを抱《かか》え、ザウエルも身を起こす。そしてジェラルディンの手にある竜を見て、思わず笑《え》みがこぼれた。

「ははは……そいつが〝邪竜〟ラズアロスの正体だよ」

「なにぃ⁉」

一番に驚《おどろ》きの声をあげたのは、女神だった。

「こ、これがラズアロスだと⁉　まるで無害な小動物のようではないか！」

「女神様が、そんなに驚くなよ」

「しかし、あれほど巨大で強大な怪物《かいぶつ》だったのだぞ⁉　あまり記憶《きおく》は定《さだ》かではないが、何柱《なんはしら》もの神があやつに食い殺され、消滅《しょうめつ》したというのに……」

「だから、女神様が驚くなって。これも全部、あんたの力のなせる業《わざ》なんだぜ？」

「……どういうことだ？」

ザウエルの言葉を受けても、女神はきょとんとしていた。そんな様子を見て、ザウエルはくすくすと笑う。

「たぶん、神話の時代、それこそ神紀文明時代には、とんでもない化《ば》け物《もの》だったんだろうよ。だけど女神様がここに封印《ふういん》して、何千何万という年月が過ぎる間に、ほとんどの邪気《じゃき》は抜けちまったんだろうな」

「な、なんだと……？」

「〝百科全書《エンサイクロペディア》〟を使ったときに、違和感《いわかん》があったんだ。古代竜ともなれば、戦闘力《せんとうりょく》はもちろん、知能だって人間より高いはずだ。なのにこいつのオツムは、せいぜい命令を聞く程度のものしかなかったもんだからさ」

ザウエルは立ち上がると、転がっている自分の魔剣《まけん》をすべて、鞘《さや》に戻《もど》した。そして眠《ねむ》ったままジェラルディンにつまれている小竜に近づき、その鼻先をつつく。

「実際にこいつの体に取りついて、違和感は確信に変わったってわけ。こりゃ、実体を伴《ともな》った幻影《イリュージョン》みたいなもんだってな」

「そ、それではわたしは、幻影相手に死闘《しとう》を演じていたというわけか！　ぬがぁっ」

小さなドラゴンへ向けて魔剣を振り上げる女神を、ザウエルは慌《あわ》てて押しとどめる。

「こらこら、そう怒《おこ》るなって。オレだって、アリエル先生の一言がなけりゃ、気づかなかったかもしれねぇんだし」

「え？　わたしですか……？」

突然《とつぜん》自分の名前が飛び出したものだから、アリエルは自分を指差してキョロキョロする。

「邪竜を見て、〝かわいそう〟って言っただろ。実際、ラズアロスは苦しんでいただけだったのさ。だから苦痛から解放してやれば、きっと言うことを聞くと思ったんだ」

「そうだったんですね！　そんなことに気づくなんて、すごいです！」

「……全部憶測《おくそく》ではないか」

手柄《てがら》を取られた気分になったのか、少し唇《くちびる》を尖《とが》らせるユリスである。

「だからそうへそを曲げるなって。実際問題、これはすべて、女神ユリスカロアの神力あってのことなんだから」

「どういうことだ？　おまえの説明は回りくどいぞ」

「はは」

ザウエルは申し訳なさそうに笑い、ユリスの頭をくしゃっと撫でる。

「覚えてないか？　最後の封印の際、ルカスが女神様にお願いしてたよな」

「ルカスが……？」

「ああ。〝浄化《じょうか》を〟……って」

ザウエルが見た、兄の最期《さいご》の姿。

〝神格招来《コール・ゴッド》〟によって女神ユリスカロアを降臨《こうりん》させ、邪竜を再封印した際の兄の願い――それを、ザウエルは克明《こくめい》に覚えていた。

そして兄ルカスは気づいていたのかもしれない。邪竜と呼ばれたラズアロスもまた、ただ苦しんでいるだけの存在だということに。

「わたしが……浄化したというのか？　あの邪竜を……？」

「ああ。だからこいつは、たぶんもう無害な存在だと思うぜ？　女神様の御力《おちから》によってな」

ザウエルは改めて、小さな竜の姿を覗《のぞ》き込む。よく見れば、背中には小さいが傷跡《きずあと》が残っていた。

「では、もう……」

「ああ。封印の儀式《ぎしき》はしなくていいってこった」

ザウエルは満面の笑みを浮かべると、小さな女神の両脇《りょうわき》を掴《つか》み、高々と持ち上げる。

「こ、こら！　やめぬか！」

「――はっははは！　まさに、女神様の奇跡《きせき》ってやつだな」

そんな彼らの頭上から、声が降ってくる。見上げれば、そこには小型の飛空船が浮かんでいた。その風防の一角が開き、そこにひとりの男が立っている。

「おかげさまで、こっちは大損だ。だがまあ、十分スリルは堪能《たんのう》させてもらったよ。それだけでも、十分楽しめたと思っておこう」

「ふんっ。ジェダ、テメェのおかげでこっちもいい迷惑《めいわく》だったよ！　テメェの悪行《あくぎょう》、帰ったら絶対言いふらしてやる！」

「ははははは！　それだけ減《へ》らず口が叩《たた》けるなら上等だよ、ザウエル。いずれまた、どこかで会おう。それまでちゃんと、腕《うで》を磨《みが》いておけよ」

「うるせぇ！　さっさと消えろ！」

「もちろん消えるさ。火山が噴火《ふんか》する前にな」

「なに……!?」

ジェダが飛空船を後退《こうたい》させるのと同時に、ずしんっと大きな震動《しんどう》が石舞台《ぶたい》を襲《おそ》った。見上げれば、噴煙《ふんえん》の量が一気に増えている。

「マ、マジか……!?」

「あばよ！　ちゃんと生きて帰れよ」

「くそ……ッ」

悪態をつくザウエルを尻目《しりめ》に、ジェダは笑いながら風防の中に戻った。そのますぅっと遠ざかってゆく。

「あ、あわわ……もう、もう噴火しそうですぅ……っ、もうマナも残ってないですよぉ」

「なんてこった……」

いまから走って逃《に》げたのでは、とても間に合わない。しかも〝飛行《フライト》〟がかかっているのはザウエルだけだ。

「やれやれ……これだから定命《じょうみょう》の者どもは矮小《わいしょう》だと言うのだ」

そこへ、余裕《よゆう》の態度でそう告げたのは、もちろん女神ユリスである。

「ひとまず下ろせ、ザウエル」

「お？　おお、すまん」

抱《だ》き上げたままだった女神を、ザウエルは慌《あわ》てて下ろす。

「よし。今度こそ帰るぞ。おまえたち、もう抵抗《ていこう》するなよ？」

「おお！　〝帰還《エスケープ》〟の魔法！」

女神は魔剣ユリスレイターを片手に、ニヤニヤと笑う。

「当然、誰《だれ》が抵抗なんてするもんかよ！　さあ、早いとこやってくれ！」

「ならば心の底からお願いするがいい。神々の中の神、天空の女神王ユリスカロ――」

「いいからさっさとやれ、神々の中の神、天空の女神王ユリスカロア様！」

「う、うわ、なんだその言いぐさ――」

ドゴンッ。

いやな音が、わりと近くで響《ひび》く。

「ええい、帰るぞ！　集まれ！」

「は、はいぃぃっ」

「お願いします、神々の中の神、天空の女神王ユ――」

ジェラルディンが復唱《ふくしょう》し終えるよりも早く、女神は魔剣を振り上げて奇跡《きせき》を発動させる。

直後、ピグロウ山は溜《た》めに溜めた力を一気に吐《は》き出すかのように噴火し、火柱を噴《ふ》き上げる。

そしてそれとほぼ同時に、ザウエルたちの姿も石舞台の上から消えていた。

エピローグ

依頼書《いらいしょ》が貼《は》り付《つ》けられた、大きな掲示板《けいじばん》。

それは冒険者の店に必ずある、定番の設備だ。

そこには様々な依頼が貼り出され、それを目当てに冒険者が店に集まる。つまり冒険者の店が繁盛《はんじょう》するかどうかは、いかによい依頼を集めてくるかにかかっているというわけだ。

そしていい依頼のある店には腕《うで》のいい冒険者が集まり、腕のいい冒険者がいる店には、大きな仕事の依頼も数多《かずおお》く舞《ま》い込むことになる。

こうやって、冒険者の店は儲《もう》けているわけなのだが。

「——なあ、グルード。もうちょっとマシな依頼はないのかよ？」

ザウエルは掲示板に貼り出された依頼書を睨《にら》み、不満げに腕組《うでぐ》みする。

「ゴブリン退治《たいじ》とかボガード退治とか手紙の配送とか、初心者《ルーキー》向けの依頼ばっかりじゃねぇか。もうちょっとこう、割のいい依頼はねぇのかよ？」

「贅沢《ぜいたく》を言うもんじゃねぇぞ。依頼が来るだけありがたいと思え」

「くそ……っ」

ザウエルはせめてこの中でも一番報酬《ほうしゅう》の高い依頼を探《さが》そうと、検索《けんさく》を再開する。

「――おい、ザウ。どうだ、よい依頼は見つかったか」

大きなあくびをしつつ、ユリスが店の中へと入ってきた。起《お》き抜《ぬ》けらしく、眠《ねむ》そうに目をこすっている。

「ねぇよ。昨日からなにも変わってねぇ」

「もうどれでもいいではないか。早う稼《かせ》がんと、このままでは飢《う》えて死ぬぞ。おまえが」

「誰《だれ》のせいだ誰の！　毎日毎日大飯食らいやがって！　誰の金だと思ってんだ⁉」

「浄財《じょうざい》してやっておるのではないか。ありがたく思え」

「女神なら女神らしく霞《かすみ》を食《く》え、霞を！　つーか用事が済《す》んだなら天界へ帰れ！」

「わたしもそのつもりだったが、帰れんものはしかたあるまい」

「ったく、面倒《めんどう》なダメ神様に居着《いつ》かれたもんだぜ……」

「なにか言ったか？」

「うんにゃ、なんにも」

ジト目で問うユリスを、適当に受け流す。

邪竜封印《じゃりゅうふういん》の一件から無事に帰還《きかん》したザウエルたちだったが、結局女神ユリスカロアは天界へ帰ることなく、地上に居着いていた。どうやら、神格が弱まっているせいらしい。

結局新たに手に入れたレプリカの魔剣《まけん》、ユリスレイターも、〝帰還《エスケープ》〟を使ったのを最後に砕《くだ》けてしまい、いまや単なる鉄くずになっていた。もはや女神のためには、なんの役にも立ちはしない。

「せめて金目の物さえ手に入ってればなぁ……」

女神との旅は、出費ばかりが多くて収入はほとんどゼロ同然だ。正直このままでは破産してしまいそうなザウエルである。

「さあさあ、みなさん。朝ご飯ができましたよ」

そう言って厨房《ちゅうぼう》から出てきたのは、アリエルである。今日はまたなにか趣向《しゅこう》の違《ちが》うウェイトレスの格好をさせられていた。すべては女神の趣味《しゅみ》である。

「おお、今日の衣装《いしょう》もまた……」

ザウエルもまた、一瞬《いっしゅん》現実から意識が遠ざかるが、すぐに支払《しはら》いのことが脳裏によぎる。

「……マジで今日辺《あた》り仕事を決めねぇと、そろそろカードを売らないとマズイぜ……」

しょんぼりするザウエルへ、小さな竜《りゅう》が飛んでくる。そしてそのまま肩《かた》にとまった。

「おまえのメシもいるんだよなぁ。なんでオレんとこには、大食らいばっかり集まるんだ」

「はい。ラズくんの分もありますよー」

「はふ！」

アリエルが皿《さら》に盛《も》った肉を持ってくると、ザウエルの肩の上で小竜が嬉《うれ》しそうな声を出す。

「すっかりザウエルさんに懐《なつ》いてますねぇ」

「そうだな……」

ザウエルは椅子《いす》に座《すわ》り、肉を取った。それを、肩にいる小さなドラゴンに食べさせてやる。もはや神話に出てくる古代竜の名残《なごり》などなにもない。

「さて、ザウ。そろそろ本格的に信者を増《ふ》やさねばならんと思うのだが」

「同感だ。お布施《ふせ》があればおまえの飯代に困らない」

「生臭《なまぐさ》い話をするな！　信者が増えねば、いつまでたっても神力を取《と》り戻《もど》せないではないか！」

「それだって十分生臭いだろ」

「邪竜ラズアロスを倒《たお》したと宣伝すれば、信者など整理券を転売するヤツが出るほど集まるだろうが！」

「無理だよ。残念ながら宣伝上手《じょうず》のジェダが、手柄《てがら》をゴッソリ持っていきやがったからな。くそっ、まさかこいつの牙《きば》とか角とか持ち帰ってやがったとは……」

取るものも取らず飛び帰ったザウエルたちとは違《ちが》い、ジェダは崩《くず》れ落ちた巨竜の特徴《とくちょう》的な体の一部を持ち帰っていたのだ。それを使って邪竜を退治したと吹聴《ふいちょう》し、あまつさえ隕石《メテオ》落下事件の解決者として報奨金《ほうしょうきん》までもらったというから腹が立つ。

「もらうもんだけもらったら、また街から消えやがって……次に会ったら、ゼッテー叩《たた》きのめしてやる……っ」

「でも、全員無事に帰ってこられましたし……わたしはそれでよかったなって」

「先生、アンタいい人だな……」

食事を次々と出してくれるアリエルの無欲《むよく》な様子に、ザウエルはちょっと涙《なみだ》した。

「あ、ザウエルさんの食事代は、全部わたしが出しますから！　遠慮《えんりょ》なく食べてくださいね！」

「マ、マジか⁉」

「栄養のつくもの、たっぷり作りましたから！　だから、その、今晩は……」

「あ……そうね……」

血を吸われる日だった――そのことを思い出し、違う意味で涙が出る。

そんなとき、カランカランと入り口の鐘《かね》が鳴った。

見れば、入ってきたのはジェラルディンである。

「ジェラじゃねぇか。どうした？」

「そろそろ干上がり始めているのではないかと思ってな。騎士団《きしだん》から依頼をもらってきた。幻獣《げんじゅう》退治だが、どうだ？」

「やる！」

思わず中身も検討《けんとう》せずに、飛びつくザウエル。もはや必死である。

「一応仲介料《ちゅうかいりょう》は取るぞ、ザウエル」とグルード。

「構わねーよ！　幻獣退治なら、安く見積もってもひとり二千ガメルは下らないだろ！　食

費もさることながら、呪《のろ》いを解《と》く資金も貯《た》めねぇといけねーんだ。金がいいならオレはなんだってやるぜ」

そう言ってザウエルは、左手を魔剣《まけん》の鞘《さや》に置きつつ、女神をジト目で見やる。

結局呪いの魔剣は、いまなお三本とも存在し、ザウエルを悩《なや》ませ続けていた。そして事件解決後には呪いを解いてくれるはずが、女神様はほとんど力をなくしてザウエルの家に居《い》候《そうろう》しているというのだから始末が悪い。

「まったくケツの穴《あな》の小さい男だ。だが我《わ》が名のもとに仕事をしておれば、いずれ信者も増えることになろう。その暁《あかつき》には、おまえの呪いも解けるかもしれんぞ？」

「やかましい、この大飯食らい。もうおまえなんぞ当てにしてねーよ」

「なんだと貴様、女神を愚弄《ぐろう》する気か!?」

「ああするね。してやるね。さあこんなちっさいの放っておいて、冒険に行く準備しようぜみんな」

「ちっさい言うな！」

「おぶおっ!?」

得意の跳《と》び蹴《げ》りがザウエルの顔面に炸裂《さくれつ》し、もんどり打って倒れた。小竜は、上手に飛び立って、倒れたザウエルの背中に着地する。

「て、てめぇ、よくもやりやがったな！」

「やらいでか」

睨《にら》み合うザウエルとユリス。

オロオロするアリエル。

楽しそうに見守るジェラルディンと、呆《あき》れ顔《がお》のグルード。

これもまた、彼らにとっては平穏《へいおん》な日常なのかもしれなかった。

データセクション

《キャラクターデータ》

〝呪いの三剣〟ザウエル・イェーガー

種族：人間　性別：男　年齢：21歳　生まれ：冒険者　冒険者レベル：11
器用度：32（＋5）　敏捷度：33（＋5）　筋　力：28（＋4）
生命力：31（＋5）　知　力：24（＋4）　精神力：25（＋4）
生命抵抗力：16　精神抵抗力：15　HP：94　MP：25

〈技　能〉

ファイター11、セージ10、スカウト9、アルケミスト6、エンハンサー4、レンジャー3

〈戦闘特技〉

武器習熟／ソード、防具習熟／非金属鎧、武器習熟Ⅱ／ソード、頑強、薙ぎ払い、武器の達人、鋭い目、弱点看破、マナセーブ、トレジャーハント、ファストアクション、影走り、タフネス

〈練技／呪歌／騎芸／賦術〉

練技：キャッツアイ、ガゼルフット、マッスルベアー、ビートルスキン
賦術：パラライズミスト、ヴォーパルウェポン、クリティカルレイ、バークメイル、イニシアティブブースト、エンサイクロペディア

〈言　語〉
交易共通語（会話／読文）、ユーレリア地方語（会話／読文）、汎用蛮族語（会話／読文）、魔法文明語（読文）、魔動機文明語（会話／読文）、神紀文明語（読文）、ドレイク語（会話／読文）、ドラゴン語（会話）、妖精語（会話）、巨人語（会話）、魔神語（会話）

〈装　備〉
武器：チルブリーズ、ライトニングヘル、インフェルノロード
鎧：ドラゴンスケイル　盾：（スパイクシールド）

〝天空の女神王（自称）〟ユリスカロア
種族：女神　性別：女　年齢：30，000歳以上？　生まれ：不明　冒険者レベル：不明
※詳細不明

〝下町の癒し手〟アリエル・ウィンザー
種族：ラミア　性別：女　年齢：17歳　生まれ：魔術師　冒険者レベル：10
器用度：16（＋2）敏捷度：23（＋3）筋　力：17（＋2）
生命力：21（＋3）知　力：34（＋5）精神力：31（＋5）
生命抵抗力：13　精神抵抗力：15　HP：51　MP：91
〈技　能〉
ソーサラー10、コンジャラー10、レンジャー5、フェンサー5、セージ5
〈戦闘特技〉
魔法誘導、魔法拡大／数、MP軽減／ソーサラー、魔法拡大／距離、魔法拡大／時間、治癒適性、鋭い目
〈言　語〉
交易共通語（会話／読文）、汎用蛮族語（会話／読文）、ドレイク語（会話／読文）、魔法文明語（会話／読文）、ユーレリア地方語（会話／読文）、妖魔語（会話）、汎用蛮族語（会話／読文）
〈装　備〉
武器：メイジスタッフ　鎧：ソフトレザー　盾：なし

〝騎士神の大盾〟ジェラルディン（ジャリルデン・エラー）
種族：エルフ　性別：女　年齢：313歳　生まれ：神官　冒険者レベル：11
器用度：21（＋3）　敏捷度：26（＋4）　筋　力：29（＋4）
生命力：26（＋4）　知　力：30（＋5）　精神力：38（＋6）
生命抵抗力：15　精神抵抗力：17　HP：74　MP：71

〈技　能〉
プリースト（ザイア）11、ファイター10、レンジャー9、ライダー5、エンハンサー3

〈戦闘特技〉
魔法拡大／数、防具習熟／金属鎧、マルチアクション、防具習熟Ⅱ／金属鎧、かばう、武器習熟／ソード、タフネス、治癒適性、不屈、ポーションマスター

〈練技／呪歌／騎芸／賦術〉
練技：ビートルスキン、キャッツアイ、マッスルベアー
騎芸：攻撃司令、タンデム、大型制御、振り下ろし、振り下ろしⅡ

〈言　語〉
交易共通語（会話／読文）、エルフ語（会話／読文）

〈装　備〉
武器：アインハンダー　鎧：イスカイアの魔導甲冑　盾：グレートウォール

《魔法データ》

〝戦勝神〟ユリスカロア・特殊神聖魔法リスト

Lv：2　【シャープ・タクティクス】☆
消費：MP3　対象：術者　射程／形状：術者／－　時間：3分（18ラウンド）　抵抗：なし
概要：状況を的確に分析し、戦況を有利にすることができます。
効果：この魔法は戦闘開始時、「魔物知識判定」「先制判定」を行う直前に行使できます。
対象が効果時間中に「魔物知識判定」「先制判定」を行う場合、双方の判定に＋1のボーナス修正を得ます。この魔法は、補助動作として行使できます。

Lv：4　【ピアシング】
消費：MP6　対象：1体　射程／形状：10m／起点指定　時間：10秒（1ラウンド）
抵抗：必中
概要：敵の弱点を暴き、攻撃をより効果的に行えるようにします。
効果：効果時間中、対象は弱点を看破されたものとして扱います。対象に攻撃や魔法の行使を行うキャラクターが〈戦闘特技〉《弱点看破》を習得している場合、その効果も発揮されます。

あとがき

はじめまして。北沢慶《きたざわけい》です。

あるいは、大変お待たせしました、かもしれませんね。

本書は、『ソード・ワールド2.0』というテーブルトークRPG（以下TRPG）の背景世界である、「ラクシア世界」を舞台とした冒険活劇小説です。

TRPGという遊びがどんなものかは、同じ「ドラゴンブック」レーベルから刊行されているリプレイシリーズを読んでいただくのが一番ではないでしょうか。

いまなら完結したばかりの『新米女神の勇者たち』シリーズ（著：秋田みやび）や、アメリカ人GMで話題の『from USA』シリーズ（著：ベーテ・有理・黒崎）、それに一巻が出たばかりの『聖戦士物語』（僕が書きました！）などがオススメです。

……まあ、宣伝はこれぐらいにして（笑）。

要は、〝剣と魔法のファンタジー〟な世界であり、〝冒険者〟と呼ばれる命知らずなやつらが体を張って、富と名誉や、義侠心と正義のために戦う物語です。

そして今回のシリーズでは、「冒険者ってカッコイイ！」「ボクもワタシも、冒険者になってみたい！」そんな胸躍る夢溢れる冒険譚を描くことをテーマとしました。

冒険者に「なぜ冒険をするんだい？　危険だし、お金だって必ずもらえるとは限らないのにさ」と問えば、「フッ。そこに冒険がある。理由なんて、それだけで俺にとっては十分さ」と答える。

そんな理屈なんてどうだっていいかっこよさを描きたかったわけなんです。

それが……どうしてこうなった？（汗）

いやまあ、本編未読の人にはなんのことやらわからないとは思いますが。

今回の物語の主人公、ザウエル・イェーガーは三本もの呪いの魔剣に呪われ、その影響でパーティが組めないという悲しい男です。そのため、単独《ソロ》での冒険を繰り返しているというタフだけど寂しい冒険者。

そんな彼の元に、すっかり落ちぶれた女神が、自ら神託を授けに来る——というおよそかっこよさとは無縁な物語（笑）。

ですが登場するキャラクターたちの設定を煮詰め、過去や生い立ちを考えているうちに、どいつもこいつも実に楽しいヤツラとなりました。特に苦労性の主人公ザウエルが、苦悩し、苦心し、ドタバタする様は書いていて大変楽しい日々でした。

いやまあ、スケジュールはいつも通りタイトだったんですけどね（汗）。

特に今回は、私事ではあるものの、原稿の完成はあるものとの競走でした。

それは、〝出産〟。

実は奥さんの第二子出産の予定日と、この原稿の締め切りが、ほとんど同時期だったのです。具体的に言うと、出産予定日は締め切りの六日後。

もし原稿の追い込み時期に出産が重なると、はっきり言って原稿書くどころじゃないのは、実は前作『剣をつぐもの』（富士見ファンタジア文庫刊）の際に経験済み。

あのときは一巻の原稿が上がる前に生まれてしまい、子供の面倒を見ればいいやら、原稿を書けばいいやら、わけがわからないてんやわんやになったのを覚えています。

初めての子供だったしねー。

そして今回も、予定日と締め切りは似たような状況。ぶっちゃけ、出産なんてお腹の子の気分次第で早まったり遅くなったり平気でするので、予定日なんてあってなきがごとし。

そもそも、出産なんて人生でそう何度もあるもんじゃない一大イベント。やっぱり仕事を片づけて、きれいな体で迎えたいじゃないですか。

そんなわけで毎日「原稿終わるまでゆっくりしててくれよー。慌てなくていいからなー」と話しかけながら仕事をする日々（苦笑）。まったく胎教に悪い話です。

実際、出産間際でナーバスになってる嫁に怒られたし……。ゴメンよ。

しかし今回の執筆は奇跡的に順調に進み、こちらは予定通り締め切り日に脱稿。

子供は余計なことを吹き込みすぎたせいか、予定日を五日も遅れて生まれてきました。生まれる前から空気の読めるよい子です（笑）。

そんな私事もあって、今回の執筆も締め切りを守れるかどうかの瀬戸際でした。ひとえに予定通り仕事を完遂できたのは、極力僕のスケジュールに余裕を作ってくれたグループＳＮＥのみんなと、嫁の実家のみなさんの尽力のなせる業です。

特に、まだ新婚なのに旦那様を置いて約三週間も長男の面倒を見るために来てくれた嫁の妹さんには、大変感謝しております。旦那様も、本当にありがとうございました。

もちろん、原稿完成に向けて励ましてくださった担当さん、キャラクターのラフをどしどし送ってくださったイラストレーターの加藤たいらさんにも感謝しております。

そして元気に生まれてきてくれた娘と、元気な娘を生んでくれた奥さんにも、最大限の感謝を。

この物語が、少しでも読者のみなさんに元気を与える作品になっていることを祈りつつ。

それではまた、第二巻でお会いしましょう！

二〇一一年五月某日　姫路の嫁の実家にて

北沢〝第二子誕生で息子がイヤイヤ期に入った〟慶

※ぜひ、作品の感想や励ましのお言葉をお寄せください。宛先は、奥付にある編集部の住所か、グループＳＮＥのホームページまでお願いします。

『グループＳＮＥ公式ＨＰ』http://www.groupsne.co.jp/

富士見
DRAGON BOOK
468

ソード・ワールド2.0ノベル
堕女神ユリスの奇跡

平成23年6月25日　初版発行

著者＝北沢慶
発行者＝山下直久

発行所＝富士見書房
〒102-8144
東京都千代田区富士見1-12-14
http://www.fujimishobo.co.jp
電話 営業 03(3238)8702
編集 03(3238)8939
印刷所＝旭印刷
製本所＝本間製本
装幀者＝岡村元夫
2011 Fujimishobo, printed in Japan
ISBN978-4-8291-4625-5 C0176

富士見ドラゴンブック

ロールプレイング・ゲーム

ソード・ワールド2.0
ルールブックⅠ

北沢 慶/グループSNE

あるときは古代文明の遺産を発掘し、またあるときは蛮族の生き残りたちと戦い、数々のトラブルを解決する、開拓の先端を行くものたちを人々は“冒険者”と呼んだ！『ソード・ワールド２.０』は３本の剣が生み出した世界《ラクシア》を冒険者となって駆け巡るゲームだ。夢と希望そして危険が詰まったこの“ラクシア”へ挑戦の一歩を踏み出そう!!